宿敵なはずが、
彼の剥き出しの溺愛から離れられません

m a r m a l a d e b u n k o

西條六花

JN032284

marmalade bunko

マーマレード文庫

目次

宿敵なはずが、
彼の剥き出しの溺愛から離れられません

宿敵なはずが、
彼の剥き出しの溺愛から離れられません

第一章

〝小此木《おこのぎ》珈琲《コーヒー》〟は、市の中心部から三駅という立地にあるコーヒー専門店だ。地下鉄の駅周辺は商業施設が多くひしめくにぎやかなエリアだが、近代的なビルの狭間《はざま》に昔ながらの住宅もポツポツと見られる。

建物は築四十五年の古い民家で、一階の庇《ひさし》部分の瓦屋根と格子窓が印象的だった。傷みのあった白い漆喰《しっくい》の壁は、一部に黒い板を貼ることでシックでモダンな雰囲気を醸し出し、塀を取り去ってオープンにした敷地は夏には中低木の木々とハーブ、小花が揺れて、緑が目に優しい。

だが北国の冬は厳しく、一月中旬の今は木々の葉が落ちて雪が堆《うずたか》く積もっていた。入り口横に置かれた小さな黒板には、今日のブレンドやスイーツの内容、販売中の豆の種類が書かれており、それを見た客がドアベルを鳴らしながら入店してくる。

「いらっしゃいませ」

「二人なんですけど」

「はい。窓際のお席にどうぞ」

パティシエ兼ホール担当の平川知世《ひらかわともよ》が客を案内するのを横目に見つつ、バリスタの小此木七瀬《ななせ》はオーダーのブラジルを淹《い》れるべくフラワードリッパーに円錐型《えんすいがた》のペーパーをセットする。

そして注ぎ口が細いポットを手に、縁まで掛かるように熱湯を注《そそ》いだ。最初にこの作業をする理由は、紙の匂いを抑えることとドリッパーの保温、静電気対策の他、コーヒーの最初に出る貴重な一滴をペーパーに吸収させない狙いがある。

コーヒーは湿気に弱いため、器具の準備が整ってからグラインダーで豆を挽《ひ》くようにしていた。今日のブラジルは黄色に完熟するイエローブルボン種をやや苦めの中深煎《い》りにしており、チョコレートを思わせる豊かな香りと甘みが特徴だ。

中挽きにした豆をフィルターに入れ、表面を平らにならす。九十度に熱した湯を中心に注ぎ、縁から五ミリには湯を掛けないようにしながら全体に行き渡らせ、四十秒蒸らした。

サーバーに抽出液が五、六滴落ちてきたところで、七瀬は中心に小さな円を五周ほど描くように湯を注ぎ、再び十秒蒸らす。

その後は中央に盛り上がったドームを維持しながら小さく十周ほど湯を注ぐが、三湯目までに美味《おい》しい部分がほぼ抽出されるため、ゆっくり丁寧に作業するのがポイントだ。

中心部がへこんでいくのを確認した七瀬は、四湯目を注いだ。作業が後半になるにつれて雑味が増えるため、ここからは注ぐ湯の量を増やしてリズムを速めていく。そしてポットに一五〇ミリリットルまで抽出液が溜《た》まったタイミングで、すべてを落としきらずにドリッパーを外した。最後にスプーンで全体を掻《か》き混ぜ、濃度と温度を均一にしたのちに、温めておいたカップに注ぐ。

表面に浮いた泡《アク》を取り除けば完成で、平川が客の席に持っていった。

「お待たせしました。ブラジル・ブルボンアマレイロです」

店内はフローリングの床と中古家具、ナチュラルな雰囲気のヒノキのカウンターがある、落ち着いた空間だ。

カウンター五席と四人掛けのテーブル席が二つ、二人掛けの席が四つあり、観葉植物やテーブルの上の一輪挿しがささやかな彩りを添えている。

豆は浅煎りから深煎りまで常時六種類を揃《そろ》え、独自ブレンドを含めて店頭で販売していた。亡くなった祖父母の家をリノベーションし、念願のコーヒー店を始めて半年、七瀬は忙しい日々を送っている。

専門学校を卒業後に一軒目の店で四年、二軒目の店で二年バリスタとして修業をし、二十七歳で地元に戻って店をオープンした。

始めた当初は、「この土地でやっていけるのだろうか」という不安が強く心にあったものの、半年余りが経《た》つ現在は常連の客も増え、カウンター越しに会話することも多く、楽しんで仕事をしている。

コーヒーの味を好んで来てくれるのはもちろん、パティシエ兼ホールの平川が作るおしゃれなスイーツも、集客に多大に貢献していた。

週の半ばの水曜日、昼下がりの店内はそこそこの混み具合だった。カウンターの中で立て続けに入ったオーダーをこなしながら、ドアベルが鳴ったのに気づいた七瀬は声を上げる。

「いらっしゃいませ。お好きな席にどうぞ」

入ってきたのは、三十歳前後の男性だった。

背が高く、均整が取れた身体《からだ》つきの彼は、仕立てのいいスーツを着ている。足元にビジネスバッグを置き、上着を脱いでカウンターの席に座る男性の顔を見た七瀬は、心の中で考えた。

（この人、前も来てくれた人だ。わたしが淹れるコーヒーを気に入ってくれたのかな）

だとすれば、うれしい。彼が来店するのは三回目で、いずれもカウンターに座っている。毎回頼むものが違うため、いろいろ味を試してみたいのかもしれない。

男性はメニューをじっくり眺め、しばらく思案していた。やがて顔を上げ、七瀬の顔を見つめて問いかけてくる。

「コロンビアブレンドとエルサルバドルブレンドは、味的にどう違うんですか?」

「コロンビアのほうはブラジルとインドネシア、エチオピアの四種のブレンドで、スモーキーな香りと苦味が特徴の深煎りになります。エルサルバドルのほうはブラジルとのブレンドで、キャラメルやチョコレートのような甘みとビター感、柑橘《かんきつ》を思わせるフルーティーさがある中煎りです。ボディーは比較的しっかりしているので、ミルクとも合います」

「では、エルサルバドルブレンドで」

七瀬は温度が高めの湯を使い、じっくり丁寧にコーヒーを抽出していく。

そしてカウンターから出て男性に提供すると、カップを持ち上げて一口飲んだ彼がふと微笑《ほほえ》んだ。

(あ、笑った……)

どうやら気に入ってくれたのだとわかり、七瀬は内心うれしくなる。

何やら書類を見ながらブレンドコーヒーをゆっくり飲んだ男性が、やがて立ち上がった。そして会計を済ませたあと、ビジネスバッグを手に言う。

「また来ます」

「ありがとうございました」


それから男性は、週に二回ほどの頻度で小此木珈琲を訪れるようになった。

いろいろな種類を飲んでいた彼だが、ようやく好みのものを見つけたらしく、ブラジルとコロンビア、ラオスをベースに、エチオピア・シダモを合わせた中深煎りのブレンドを二回続けて頼んでいた。

(シダモには華やかさがあるから、このブレンドはしっかりしたコクと口当たりの中に、ふわっと鼻に抜けるようなフローラル感が広がるんだよね。冷めても酸味を感じにくいけど、こういうのが好きなんだ)

客の好みがわかってくると、新入荷のものを勧めやすくなるというメリットがある。

だが店を訪れた人にゆったりとした時間を過ごしてほしいと考えている七瀬は、相手から話しかけられるまでは距離を保つようにしていた。

そうして二月になって一週間ほど経ったある日、近所で服のセレクトショップの店長を務める尾関絵里子《おぜきえりこ》が昼過ぎにやって来て、時季的に確定申告の話題になった。

「お店を始めたばかりだから、大変でしょ」と言われた七瀬は、カウンター越しに苦笑いしながら答える。

「わたしは自分で経理をやってるんですけど、減価償却費の仕訳がややこしくて。一般的な仕訳は〝法定耐用年数を、定額法で滅却する〟って書いてるんですけど、取得した時の金額が二十万円未満の資産であれば、三年間で経費処理できるらしいんです。でも期中の仕訳と決算時の仕訳が変わるのが、もうちんぷんかんぷんで」

「そっか。私は経理にタッチしてないし、うちのオーナーは全部税理士さんに任せてるらしいから、ちょっとわかんないなあ。小此木さんも、思いきって頼んでみたら？ お金はかかるけど、手間はかなり軽減されるって他の店のオーナーも言ってたよ」

「そうですね」

だが今期はもう間に合わず、自分でどうにかするしかない。

尾関が休憩の終わり時間に帰っていき、それを見送った七瀬はカウンターの上のカップを片づけた。すると二席離れたカウンターに座っている客が、ふいに話しかけてきた。

「――今、お話の内容が聞こえてしまったのですが。もしかして減価償却費の処理の仕方で悩んでますか？」

「えっ？」

彼はこのところコンスタントに店を訪れてくれる、例の男性客だ。

戸惑う七瀬をよそに、彼はビジネスバッグから紙を取り出すと、そこにペンで書きながら説明した。

「例えば業務用冷蔵庫を十五万円で買った場合、その直後の伝票は借方勘定科目を〝一括償却資産〟で十五万円、貸方勘定科目を〝現金〟十五万円で処理します。一括償却資産の特例では、十万以上二十万未満の資産を法定耐用年数に限らず三年で経費処理できることになっていますので、確定申告が終わったあとの決算時には借方が〝減価償却費〟で五万円、貸方が〝一括償却資産〟で五万円という伝票を作成します。この処理を計三回、翌年と翌々年もできるということです」

紙にサラサラと書きながら図で説明され、七瀬は目を丸くする。

彼の説明はよどみなく、今までよくわからずにいた部分がクリアになった気がした。

七瀬は感心し、男性を見つめてつぶやいた。

「すごくわかりやすいです。経理に詳しくていらっしゃるんですね」

「ええ。僕は公認会計士なので」

「公認会計士……」

スーツの胸ポケットに手を入れた彼が、名刺を一枚差し出してくる。

そこには〝Dコンサルティングアドバイザリー　マネージャー　公認会計士・税理士　桐谷拓人《きりたにたくと》〟と書かれていた。

会社の住所は目と鼻の先で、だからこそ足しげく店を訪れてくれているのだとわかる。だが公認会計士の資格を持っているなら、その道のプロだ。

七瀬は慌てて言った。

「公認会計士さんなら、お金をもらって税務関係のアドバイスしているんですよね？すみません、わたしは顧客でも何でもないのに」

「ああ、いえ。世間話程度なら、何も問題ないですよ。僕が自分から言っていることですから」

快くそう言ってもらえ、七瀬はホッとする。

尾関が使ったカップとソーサーを手にカウンターの内側に戻り、洗い物を始めつつ笑顔で言った。

「いつもご来店いただいて、ありがとうございます。会社はこの店の近くなんですね」

「はい。ここがオープンしたのは以前から知っていて、店の前を通るたびにコーヒーのいい香りが漂っていて、気になっていたんです。一度来てみると、丁寧に淹れられたコーヒーや落ち着いた雰囲気も好みで、『いい店を見つけたな』と思いました。定期的に変わるラインナップも楽しみです」

「ありがとうございます」

ひとしきりコーヒーの銘柄の話題で盛り上がったあと、桐谷が腕時計で時間を確認して言う。

「すみません、そろそろ会社に戻らなければ。ご馳走さまでした」

「はい。またどうぞお越しください」

＊＊＊

小此木珈琲の外に出ると、肌を刺すような冷気が全身を包み込む。

二月のこの時季は寒さが厳しい上、今シーズンは度重なる大雪の影響で、道の脇には雪が堆く積み上がっていた。白い息を吐き、会社まで徒歩三分の距離を歩き出しながら、桐谷拓人は先ほどのやり取りを思い出す。

（口を出すのはお節介かと思ったが、こっちの専門のことだから聞き流せなかった。でも、喜んでもらえてよかったな）

小此木珈琲のバリスタは二十代半ばの女性で、ホール担当や常連客に〝店長〟と呼ばれている。

ほっそりした体型にサロンエプロンが似合い、栗色の髪を後ろで結んでハンチング帽を被《かぶ》っていた。顔立ちは整っており、店に入った瞬間に「いらっしゃいませ」と言いながら浮かべる笑顔は感じがいい。

もっとも特筆するべきなのは、コーヒーを淹れる腕前だ。カウンター越しに見ていると、彼女は豆の種類によって挽き方や湯の温度、蒸らし時間を変えている。器具類もあらかじめ保温したり、豆のテイストによってカップの形状を変えたりと丁寧な仕事をしており、味や焙煎《ばいせん》に関する説明もよどみない。何よりコーヒーの味が素晴らしく、つい足しげく店に通っていた。

（そういえば、レジ横でオリジナルのコーヒー豆を売ってたな。今度行ったときによく見てみよう）

Dコンサルティングアドバイザリーのオフィスは、三分ほど歩いたところにあるビルの十五階にある。

外資系の大手会計事務所から派生した総合系コンサルティングファームで、クライアント企業の経営戦略立案からオペレーションの改善、デジタル技術導入後の保守・運用やアウトソーシングサービスまで、総合力を活かしたビジネスを展開している。

桐谷はアソシエイト、シニアアソシエイトを経て、去年マネージャーに昇進したばかりだ。プロジェクトが開始すると検討すべき項目の洗い出しや方向性を定め、メンバーのスキルとバックグラウンドに応じて担当を割り振る。

チーム内でディスカッションしながら軌道修正をしていき、進捗《しんちょく》が遅れている場合は追加の人員を割り振ったり、自身も実作業に参加するなどして、期限内に完了するように努めなければならない。

三月に向けては担当するプロジェクトが終盤に差し掛かっており、コンサルテーションのまとめとブラッシュアップで忙しい時期だ。そんな中、仕事の合間に小此木珈琲で休憩するのは、ちょっとしたストレス解消になっていた。

（……美味《うま》いんだよな）

元々コーヒーは好きだったが、小此木珈琲の味は好みにどんぴしゃりだ。

これまでは深煎りを好んで飲んでいた桐谷だったが、最近のラインナップに入っていたブラジルを始めとする複数の豆をベースに、エチオピア・シダモを合わせた中深煎りのブレンドが本当に美味しく、虜《とりこ》になってしまった。

あの店長が淹れるものなら、これまで飲んだことがないものにもチャレンジしてみようという気持ちになる。外回りの帰りに店に寄るのが楽しみになり、すっかりお気に入りになっていた。

その日をきっかけに、桐谷は小此木珈琲に行くたびに店長と話をするようになった。もらった名刺によると、彼女の名前は小此木七瀬というらしい。オーナー兼バリスタで、パティシエでホールも担当するスタッフと二人で頑張っているようだ。

初めての確定申告で四苦八苦していた彼女だが、桐谷はそれとなく引っかかっているところを聞き出し、あくまでも世間話としてアドバイスをしてやった。税務署に行けば相談に乗ってもらえるが、確定申告の期間はひどく混み合っていて、下手をすると半日がかりになる。小此木の疑問に答えるのは、専門家である桐谷にはたやすいことだ。

やがて三月になり、確定申告の期限の二日前、店を訪れた桐谷に向かって彼女が笑顔で言った。

「確定申告、無事に終えることができました。桐谷さんがアドバイスしてくださったおかげです。本当にありがとうございました」

「いえ。たいしたことはしていませんから、気にしないでください」

いつも美味しいコーヒーを飲ませてもらっているのを思えば、些末《さまつ》なことだ。

だが小此木に笑顔を向けられるのは、悪い気がしなかった。彼女のバリスタとしての実力、柔らかく優しい声、常連客にも馴《な》れ馴れしい態度を取らずきちんと節度を守っているところなど、どれも好ましく映る。

（……そうか。俺は彼女に、心惹《ひ》かれているのか）

初めて来店してから約三ヵ月、少しずつ訪れる頻度が増しているのは、店長の小此木がいるからだ。

白いシャツにサロンエプロンを着け、セミロングの髪を結んでハンチング帽を被っているが、控えめなデザインのピアスが女性らしい雰囲気を醸し出している。

コーヒーに関する確かな知識と丁寧な作業は尊敬でき、カウンター越しに何気ない世間話をするのも楽しかった。店に通うことが生活の中のささやかな楽しみになり、店頭に陳列されたオリジナルのコーヒー豆を購入するまでになっている。

しかし四月に入ると桐谷の仕事は忙しくなり、店に通う時間がなくなってしまった。

通常ならひとつのプロジェクトが終わったあとは一、二週間の休みを取るが、今回はすぐ新規案件にアサインされてしまったからだ。

開始時は大量のインプットが必要になり、資料作成も増えて、チームの会議も多い。毎日三時間程度の残業が続いて次第に疲労が蓄積していく中、オフィス内でパソコンに向かいながら、桐谷は「今日は早めに帰ろう」と考えていた。

洗濯などの家事が溜まっている上、まとまった睡眠時間を確保しないと体力的にきつい。

(そうだ。小此木珈琲で買った豆を切らしてからもう十日くらい経《た》つし、そろそろ買いに行くか)

店でゆっくり飲む暇はないが、自宅で飲むための豆を買いたい。

そう思い、午後八時の閉店前に行けるように仕事に励んだものの、なかなか切り上げられずにギリギリの時間になってしまった。

会社を出た桐谷は、足早に駅の方角に向かって歩く。そして小此木珈琲の前までやって来たものの、外の灯《あか》りはもう消えていた。

(しまった。遅かったか)

時刻を確認すると午後八時を一分過ぎていて、桐谷は内心がっかりする。

だが間に合わなかったのは自分のせいで、ぐうの音も出ない。肩を落とし、諦めて帰ろうとしたところ、ふいに背後から声が響いた。

「……桐谷さん？」

足を止めて振り返ると、店の中から出てきた小此木がドアの横にある小さな黒板を片づけようとしているところだった。彼女は戸惑った様子で声をかけてくる。

「もしかして、来店してくださったところでしたか？　すみません、うちは午後八時までで……」

「ええ、わかっています。豆を購入したくて立ち寄ったのですが、閉店時間を過ぎてしまったようなので、帰ろうとしていたところです」

すると小此木が、パッと笑顔になって言う。

「せっかく来てくださったんですし、どうぞ。レジはまだ締めていないので、商品をお売りすることはできますから」

「……でも」

「本当に、遠慮なさらず」

重ねて促された桐谷は、「……じゃあ」と言って建物に足を向ける。

帰ろうとしていたところを呼び止められ、閉店後にもかかわらずこうして豆を売ってくれようとする彼女に、申し訳なさがこみ上げていた。だが気遣いがうれしく、遠慮がちに店に足を踏み入れる。

店内は客がおらず、閑散としていた。ＢＧＭの音楽も止まっていて、白熱灯の明るい光だけがカウンターを照らしている。小此木が微笑んで言った。

「桐谷さん、座ってください。せっかくなのでコーヒーをご馳走しますから」

「いえ、そういうわけには。もう閉店してるのに、ご迷惑ですし」

「確定申告のときにいろいろアドバイスしてくださったのに、それに対するお礼が充分にできていなくて、心苦しく思っていたんです。今は誰もいませんから、ぜひ一杯ご馳走させてください」

聞けばスタッフの平川は、いつも午後六時までの勤務らしい。

あまり重ねて断るのも失礼な気がして、桐谷はカウンターのいつもの席に腰を下ろす。彼女はケトルで湯を沸かし、カップや豆、計量する器具を手際よく用意しながら言った。

「今回桐谷さんに飲んでいただきたいのは、〝ゲイシャ〟という豆です。ご存じですか？」

「聞いたことはあるが、飲んだことはないかな」

「コーヒーは商業上、アラビカ種とカネフォラ種、リベリカ種の三種類が世界中で栽培されています。それぞれ突然変異や交配によって複数の栽培品種があるんですが、ゲイシャはティピカやブルボンと並ぶ原種と呼ばれ、イエメンから持ち出された木の性質を受け継いでいるんです」

小此木いわく、原種は生産量が少なく、病気に弱いために栽培しづらいのが難点であるものの、とても風味がよいらしい。

「今回入荷したゲイシャは世界的に有名な農園のもので、嫌気性発酵精製《アエナロビック》で作られたものです。粗挽《あらび》きにし、ゲイシャらしいマスカットやジャスミンを思わせるフローラルな香りを味わえるように、じっくりと抽出します」

湯の温度は九十四度と高めにし、一湯目と二湯目は抽出液が落ちきってから注ぐ。三湯目からは勢いをつけ、水位が高くなるように注いでいった。コーヒーの豊潤な香りが漂う中、桐谷は作業の様子を見つめつつ、かねてから疑問に思っていたことを質問する。

「もしかして、豆の種類によってドリッパーを変えてるんですか?」

「はい。今回のような粗挽きの豆は抽出液が薄くなってしまいがちなんですが、このドリッパーは下部のリブをなくすことで湯の落ち方が遅くなり、しっかりと濃度を出すように作られているんです。試飲《カッピング》のときから、これはどういうふうに淹れれば美味しさを引き出せるだろう、焙煎は、温度は、使う器具は――というように考えてあれこれ試行錯誤していくので、実験みたいなものですね」

五湯目まで時間をかけて落とした小此木が、ドリッパーを外す。

サーバーの取っ手を持ってゆっくり回すのは、最初に抽出した糖度の高い部分が下に沈殿しているため、全体を均一にする狙《ねら》いがあるらしい。

彼女が中身をカップに注ぎ、桐谷の前にソーサーを置いて「どうぞ」と言った。

「いただきます」

一口飲んだ瞬間、感じたのは強い甘みだ。

ブラックなのに口当たりが甘く、次いで青りんごやマスカット、ジャスミンを思わせる爽やかな香りが鼻を抜けていく。桐谷は目を瞠《みは》ってつぶやいた。

「とても爽やかですね。苦味や酸味がきつくなく、フルーティーな印象がある」

「お気に召していただけましたか？　桐谷さんは、酸味が強いのはあまりお好みではないかと思っていたのですが」

「はい。酸味がないのにこんなに果実味を感じるコーヒーは、すごく新鮮です」

小此木いわく、同じ豆でも蒸らし方を変えたり、抽出器具とポットが一体化したフレンチプレスで淹れると、また違う味わいが楽しめるらしい。

湯気を上げるカップを見つめ、桐谷はしみじみと言った。

「コーヒーの世界は、奥が深いですね。豆の種類や焙煎、淹れ方で、だいぶ印象が変わる」

「そこに惹かれて、バリスタになろうと思ったんです。自分のお店を持つのが夢で、こうして常連さんと交流もできるようになった今は、すごく楽しいです」

自分を他の客と同じ〝常連さん〟という括《くく》りに入れられたことに、桐谷の心がシクリと疼《うず》く。

確かに小此木にとっての自分は、ときどき店を訪れる客にすぎず、特別な存在ではないだろう。だがこの店に通うようになり、彼女が淹れるコーヒーの味や醸し出す雰囲気を心地よいと思ううち、いつしか〝その他大勢〟という括りでは満足できなくなっていた。

桐谷はカップを持ち上げ、香り高いコーヒーをじっくり味わう。そしてそれをソーサーに置き、小此木を見つめて言った。

「――小此木さん」

「はい？」

「こうして二人で話せる機会はほとんどないと思うので、言わせていただきます。

――今度プライベートで、どこかに出掛けませんか？」

するとそれを聞いた彼女が目を丸くし、びっくりしたように言う。

「あの、わたしとですか？」

「はい。この店を訪れるようになって、僕はコーヒーの奥深さを知りました。それまではざっくばらんな好みしかなかったのが、豆の種類や焙煎によって味が違ったり、ブレンドによってより美味しさが引き立つのを感じたり――こうしてカウンターに座っているときに見える小此木さんの作業も、とても興味深く拝見していました。あなたはどんなにオーダーが立て込んでいても仕事が丁寧で、一杯一杯心を込めて淹れているのが伝わってくる。そうした姿勢や、笑顔の感じのよさに、次第に好感を抱くようになっていったんです」

小此木が、戸惑ったように視線を揺らしている。それを見つめつつ、桐谷は言葉を続けた。

「ですが僕の人となりを知らない状態では、何とも答えようがないと思います。ですからまずは友人として、連絡を取ることから始めませんか？」

第二章

カウンターに座る桐谷の顔を、七瀬はまじまじと見つめる。

突然「好感を抱いている」と告白され、何と答えていいかわからなかった。彼は昨年の十二月半ば頃から来店してくれるようになった客で、多いときは週に二度くらいの頻度で顔を見せていた。

だが四月に入ってからは姿を見せなくなり、「もしかして、飽きられたのだろうか」と考え、寂しく思っていた。巷にはコーヒーの専門店が星の数ほどあり、客の好みも千差万別だ。もし他に気に入った店ができてここに顔を見せなくなっても、何ら責められるものではない。

(でも……)

公認会計士である桐谷は、初めての確定申告で戸惑う七瀬に快くアドバイスをしてくれた。

その道のプロである彼が税や帳簿に関することを語れば、そこには料金が発生してもおかしくない。だが桐谷は「世間話程度なら、何も問題はない」と言い、その後も数回に亘《わた》って疑問点に答えてくれた。

三十代前半の彼は仕立てのいいスーツがよく似合い、いつも一分の隙もなく端然としている。涼やかな目元や高い鼻梁《びりょう》、薄い唇が形作る容貌には知的さが漂い、話し方も丁寧で穏やかだ。

そんな彼とカウンター越しに言葉を交わすことが、七瀬にとっては楽しみだった。自分が淹れるコーヒーを気に入ってくれているのだと思うとうれしく、来店してくれるたびに「今日は何を頼むのだろう」とワクワクしている。

それだけに、今月に入ってぱったりと姿を見せなくなったのを残念に思っていた。

(でも……)

今日は閉店後にドア横の黒板をしまいに外に出たところ、店の前から立ち去っていこうとしている桐谷の姿を見つけ、つい声をかけてしまった。

聞けば彼はコーヒーの豆を買いに訪れたものの、直前に閉店したのに気づき、諦めて帰ろうとしていたらしい。七瀬が桐谷を店内に誘ったのは、税務のアドバイスをしてくれたのを思えば当然のことだった。

だがそんな彼がこちらに好意を示してきたのが意外で、七瀬は答えに窮する。するとそんな様子を見た桐谷が、苦笑して言った。

「それほど難しく考えないでください。小此木さんは先ほど『確定申告の際のアドバイスに充分お礼ができていなくて、心苦しく思っていた』と言っていましたが、その代償だと思ってくだされば」

「代償……」

そう言われると、拒否できない。カウンターの内側に置かれた自身のスマートフォンを手に取りながら、七瀬は歯切れ悪く言う。

「でも……忙しくて、メッセージをいただいてもなかなか返信できないかもしれません。お店が休みの日も、セミナーや知人のワークショップに参加したりしていますし」

「僕も多忙ですので、お互いさまですよ。気負わず、自分のペースで返信してくださって大丈夫です」

ならばいいだろうか。

そう思いつつ、七瀬は桐谷のトークアプリのIDを登録する。すると彼が立ち上がり、メニューに書かれたゲイシャの代金をカウンターに置いた。

「こちら、コーヒーの代金です。ご馳走さまでした」

「あっ、お代は結構ですから」

「いえ。アドバイスの対価として連絡先を教えていただいたんですから、コーヒーの代金は払います。あなたはプロのバリスタなのだから、どうか技術を安売りしないでください」

それを聞いた七瀬の胸が、ぎゅっと締めつけられる。

こちらをプロとして尊重し、技術を金を払うに値するものとして扱ってくれることが、うれしかった。

ビジネスバッグを手にした彼が、ドアのところで振り返って言う。

「では、今日はこれで」

「はい。ありがとうございました」

桐谷が店を出ていき、七瀬は小さく息をつく。

彼が使ったカップや器具を洗い、電気を消したあと、店を施錠して向かったのは建物の二階だった。

元々は祖父母の家であるこの建物は、一階部分を店舗にし、二階を住居にしている。

七瀬は真っ先に仏壇に向かい、ロウソクを点けて線香に火を灯《とも》した。そしておりんを鳴らし、手を合わせて小さな声で言う。

「ただいま、――お父さん、お母さん」

目の前の仏壇に眠っているのは、七瀬の両親だ。

朝起きてからと仕事が終わったあと、必ずこうして挨拶している。十八年前に二人が亡くなったとき、七瀬は九歳だった。記憶の中の両親は優しく、今もときどき寂しさがこみ上げて仕方ない。

(桐谷さんが好意を示してくれたのは、意外だけどうれしかった。でも、わたしは……)

自分には、恋愛する資格がない。

誰かに好意を向けられても、それを受け入れるべきではないのだ。そう考えながら七瀬は脱衣所に行き、シャワーを浴びるために衣服を脱ぐ。

そして洗面台の鏡に映る自分の身体を眺め、陰鬱な気持ちになった。

(こんな身体なんだから、誰にも受け入れてもらえるわけない。桐谷さんだって、きっと嫌な気持ちになるに決まってるもの)

七瀬の上半身には、大きな火傷《やけど》と皮膚を縫合した痕《あと》がある。

ケロイド状の皮膚は触れると凹凸があり、胸や腹部の広範囲が赤紫のまだらになっていた。この傷がついたのは十八年前で、交通事故が原因だ。両親と三人で動物園に行った帰り、対向車線を走っていた居眠り運転のトラックに突っ込まれ、車が大破して炎上した。

後部座席で眠っていた七瀬はぶつかる瞬間を見ていないものの、夢うつつに両親の「危ない」という叫び声と悲鳴を聞いた記憶がある。

二人は即死で、七瀬は一週間ものあいだ生死をさまよう大怪我を負った。内臓の損傷と皮膚の裂傷、火傷がひどく、目が覚めたときには全身包帯だらけで、叔母夫婦が枕元で泣いていた。

その後、何度か手術を繰り返したものの皮膚が元どおりになることはなく、大きな傷痕が残った。それでもひどい部分が服で隠れる範囲に留《とど》まったのは、不幸中の幸いかもしれない。

学生時代は何度か異性から告白される機会があったものの、そのたびに断っていた。だが専門学校時代に想《おも》いを伝えてきた広田隆行《ひろたたかゆき》という男性だけは、自分も好意を抱いていただけに強く拒否できなかった。

悩んだ挙げ句、勇気を出して過去に事故に遭ってその傷が身体に残っていることを告げると、広田は「気にしない」と言ってくれた。自分のすべてを受け入れてくれるその度量の大きさに胸が熱くなり、七瀬は彼と交際を始めた。

（でも……）

洗面台の縁をつかんだ手に、七瀬はぎゅっと力を込める。

優しく包容力のある広田だったが、いざ関係を持とうとしたとき、こちらの身体を見て顔色を変えた。彼は七瀬の上から離れ、こちらに背を向けてボソリと言った。

『ごめん、気持ち悪い。……無理だわ』

それきり広田からの連絡は途絶え、七瀬は心に深い傷を負った。

こんなに醜い身体をしている自分が、人並みに恋愛をしようとすることが間違っていたのだ。そう思い、以来自分の中で恋愛は〝ないもの〟として生きてきた。

結婚をしないのなら、この先の人生をずっと一人で生きていくことになる。ならば技術を身に着け、生活の基盤を作るべきだ。

そう考え、他店で六年間バリスタとしての経験を積んで、念願の店をオープンさせた。パティシエ兼ホールの平川は七瀬と同い年で、明るい性格をしており、とても気が合う。

店の経営も軌道に乗り始め、常連客と会話するのも楽しかった。だが経理面は不慣れでわからないことも多く、そんな中でさらりとアドバイスしてくれる桐谷の存在は、七瀬にとって大きな心の支えになった。

端整な容姿を持つ彼は、よどみない口調から頭脳明晰《ずのうめいせき》であることが窺《うかが》え、物腰がひどく落ち着いている。そんな彼を前にすると、肉親が母方の叔母だけである七瀬の中に、つい頼りたい気持ちがこみ上げていた。

だが過去の苦い経験が、それにブレーキをかける。

(桐谷さんはわたしがこんな身体だって知らないから、あんなふうに好意を寄せてくれる。でもわかったらきっとドン引きするはずなんだから、最初から期待しないようにしよう)

「アドバイスのお礼をしたいと言うのなら、連絡先を交換してほしい」と言われてやむを得ずメッセージアプリのＩＤを教えたが、深入りは禁物だ。

当たり障りのない返事に留め、今以上に親しくなるのは控えたほうがいい。もし彼が踏み込もうとする場合は、自分の身体の傷について話さざるを得ないだろう。

(仕方ないよね。変に期待させても向こうに迷惑なんだから、はっきり言わないと)

その結果、桐谷が店に来なくなるかもしれないことを思うと、シクリと心が疼《うず》く。

だが恋愛をする気がないのなら、さっさと引導を渡すべきだ。そうすることが彼のためになるのだと結論づけ、七瀬は扉を開けて浴室に入る。

(別に苦しくなんかない。……そもそも桐谷さんとは何も始まってないし、もう二度と恋愛はしないって、心に決めたんだから)

熱めのシャワーを浴び、髪を乾かしたあと、簡単な夕食を取る。

それから帳簿をつけたり消耗品の発注業務をこなすうち、午後十一時になっていた。ふとスマートフォンがチカチカと明滅しているのに気づいた七瀬は、手に取って画面を見る。すると桐谷から、メッセージが届いていた。

『今日飲んだゲイシャ、美味しかったです』

『小此木さんと連絡先を交換したのに満足して、肝心の豆を買わずに帰ってしまいました。近々暇を見て、お店に寄らせていただきます』

それを読んだ七瀬は、思わず噴き出す。

最初に連絡先の交換を提案されたときはずいぶん身構えてしまったが、彼のメッセージはさらりとしていて押しつけがましくなく、ホッとしていた。

(この程度のやり取りなら、それほど負担じゃなくていいかも。もっと押せ押せでこられるのかと思ってたけど、自意識過剰だったみたい)

七瀬は「ありがとうございます。お待ちしています」と返信し、スマートフォンを閉じる。

翌朝は早めに起きて、店で焙煎の研究をした。小此木珈琲が取り扱う豆は市内の焙煎所に頼んでいて、細かいオーダーに対応してもらっている。

だがゆくゆくは自家焙煎のものを提供したいと考えており、時間があるときに店のキッチンでいろいろ試していた。

そもそも焙煎とは生の豆を炒めることをいい、加熱方法や火入れの加減が最終的に出来上がるコーヒー豆の味に大きな影響を与える。店にあるロースターは生豆《きまめ》を一度に一キロ焙煎できるもので、強めの遠火で加熱することで豆の個性の表現に優れており、こまめにデータを取っていた。

焙煎前の豆は緑がかっていて、どこか草っぽい匂いがする。加熱していくと機械の内部からパチパチと音が聞こえ、上部にある煙突から煙が出てきた。キッチンに香ばしいコーヒーの香りが漂い始め、それを嗅いだ七瀬はうっとりしながら考える。

(この豆はかなりフルーティーな香りだから、浅煎り程度に留めたほうがいいかも。メモしておこう)

焙煎は奥が深く、感覚的な部分も多いため、独学で習得していくしかない。

その日の気候や焙煎機の状態、焙煎の温度や火入れの時間をこまめにメモし、出来上がったコーヒーの味を確認して、ベストな焙煎方法を見つけていく。

そうして作業するうち、午前八時になって平川が出勤してきた。

「おはようございます」

「おはよう」

パティシエである彼女は、一日に三品程度スイーツを作る傍《かたわ》ら、ホールの作業もしている。平川がこちらを見て笑って言った。

「また焙煎してるんですか？　熱心ですね」

「うん。あとで平川さんも試飲してくれる？」

「はい」

今日のスイーツは甘酸っぱいアイシングが掛かったレモンケーキと、ほろ苦いカラメルと卵の風味が豊かな窯出《かまだ》しプリン、ねっとりと濃厚なショコラテリーヌらしく、それ以外に数種類のクッキーやマカロン、和三盆のブールドネージュなどを常備している。

彼女のフォトジェニックな盛りつけは女性客に人気が高く、七瀬自身「このスイーツには、どんなコーヒーを合わせようか」と考えるのが楽しかった。

先ほど焙煎した豆でコーヒーを淹れ、あれこれと感想を言い合ったあと、七瀬は昨日の話をする。すると平川が目を輝かせて言った。

「えー、私が帰ったあと、そんなことがあったんですか？　桐谷さんって、あのイケメンの公認会計士ですよね？」

「うん」

「いいじゃないですか、彼。いつもピシッとしてるし、職業柄かクレバーな感じがするし、コーヒーを飲んでいるときも姿勢がよくて、すごく感じがいい人ですよね」

七瀬は頷《うなず》き、カップを手の中に包み込みながら「でも」と苦笑いした。

「あまり深入りはしないでおこうと思って。成り行きで連絡先は教えちゃったけど、わたしは恋愛する気はないから」

「最初から決めつけなくてもいいんじゃないですか？　だってせっかくのご縁なのに」

平川は七瀬がかつて交際相手に手酷《てひど》く振られ、恋愛に後ろ向きな気持ちを抱いていることを知っている。

だが身体に傷があることまでは知らず、「きっといつか、フィーリングが合う人が現れますよ」と言って、恋愛を推奨していた。午前十一時の開店を前に、カウンターの内側で作業をしながら、七瀬はじっと考える。

（確かに昨日、桐谷さんの言葉を聞いてうれしかった。真っ先に褒めてくれたのがわたしが淹れるコーヒーの味で、豆の種類や焙煎の具合によってドリッパーやお湯の温度を変えてるところも、しっかり見てくれてたし）

見た目が好みだと言われるより仕事を褒めてもらえるほうが、何倍もうれしい。確定申告のときにアドバイスをしてくれたのも含め、桐谷への印象は決して悪くなかった。

それから三日ほど、日に一、二回の頻度でメッセージのやり取りが続いた。内容は昼ご飯の内容だったり、雨が降り出した様子を写真で送ってきたりと、他愛《たわい》ない。七瀬のほうも「今日の賄《まかな》いです」というタイトルで写真を送ったり、その日入荷した豆の種類を書いたりするうち、少しずつ楽しくなってきていた。

やがて木曜日の昼休憩の際、スマートフォンを見ると桐谷からメッセージがきている。内容は「今日は若干早く上がれそうなので、閉店時間前にお店に行きます」というもので、七瀬は目を瞠った。

(桐谷さん、本当に忙しいんだな。前みたいに仕事の合間に来なくなってるし)

四日ぶりに顔を合わせると思うと、何となく緊張するような、楽しみなような、複雑な気持ちを味わう。

その日はそこそこの客入りで、午後七時半の時点で客は四人ほどいた。時間を何度も気にする七瀬だが、桐谷は現れない。やがて午後七時五十分に最後の客が帰っていき、テーブルを拭いてカップを片づけながら、じっと考えた。

（もしかしたら立て込んでいて、早く上がれなかったのかも。……仕事なら、仕方ないよね）

この数日、メッセージのやり取りをして、ぐっと距離が近くなった気がしていた。それだけに彼が来ないことに残念な気持ちがこみ上げ、七瀬は思いのほか自分が桐谷に会えるのを楽しみにしていたことに気づく。

（わたし……）

そのときドアベルの音が鳴り、七瀬は顔を上げる。

するとスーツ姿の桐谷がそこにいて、こちらを見て謝ってきた。

「閉店間際になってしまい、申し訳ありません。仕事の電話が長引いてしまって」

急いで来た様子の彼は、少し息を切らしている。それを見た七瀬は、微笑んで言った。

「お忙しいなら、別の日に改めてくださってもよかったのに。メッセージでそう言っていただければ」

「いえ。僕が来たかったんです。小此木さんの顔が見たかったので」

不意打ちのようにそんなことを言われ、七瀬は思わずドキリとする。

そんな自分に動揺し、手元のカップを手にカウンターに向かいながら、桐谷に向かって告げた。

「豆をお買い上げになりたかったんですよね。どれにしますか？　お勧めは、エチオピア・ハルスケです。イルガチェフェ地区のハルスケ村で栽培された、エチオピアの原生種〝エアルーム〟を手摘みし、ナチュラルプロセスで加工した豆を中浅煎りにしています。ラズベリーや赤ブドウを思わせるフレーバーで、明るい酸味とクリアな口当たりが特徴なので、酸味が苦手な方にぜひ一度飲んでいただきたい豆です」

他にも、ブラジルやタンザニア、マンデリンといったシングルオリジンを全部で四種類、ブレンドを二種類取り揃えている。すると彼が、パッケージを手にして答えた。

「せっかく勧めてくださるので、エチオピアを。それとこちらのブレンドもいただけますか」

「はい。ありがとうございます」

精一杯何食わぬ顔で会計をし、七瀬は商品を袋に入れる。

そうしながらも、先ほどの桐谷の言葉をひどく意識していた。あんなふうにさらりと思わせぶりなことが言えるなら、彼は相当女慣れしているのだろうか。

（そうだよね。公認会計士は合格率が十パーセントくらいしかない難しい資格らしいし、桐谷さんはこんなに恰好《かっこう》いいんだから、もてないわけない）

そんなことを考えながらおつりを渡し、七瀬は笑顔で言った。

「ありがとうございます。お仕事が落ち着いたら、またお店にコーヒーを飲みにいらしてくださいね」

話を切り上げ、桐谷を店の外まで送り出そうとしたところ、彼が「あの」と言う。

「週末、僕は仕事が休みなのですが、夜に食事でもいかがですか」

「……っ」

心臓が跳ねるのを感じつつ、七瀬は意識して軽く答える。

「申し訳ありません。わたしはお店がありますので」

「午後八時で閉店ですよね？ そのあとにでも」

「翌日も仕事がありますし」

嘘ではない。

毎日朝七時半には店に降りて、豆の焙煎や珈琲の淹れ方の研究をしている。一日中立って仕事をしているために慢性的に疲れており、夜更かしができない性分だ。

するとそれを聞いた桐谷が、こちらを見下ろして言う。

「この数日、小此木さんとメッセージをやり取りして、僕はとても楽しかった。ですからもう一段階進めて、ゆっくりお話しする時間を持てたらと思ったんです。食事が重いなら、どこかでお茶でもいかがですか」

あくまでも丁寧に、こちらの気持ちを尊重しながら話をする彼を前に、七瀬は苦しくなる。

彼と同様に、自分もメッセージのやり取りは楽しかった。今日来店すると知ってからは時間ばかりが気になり、来ないかもしれないと考えてがっかりしていた。

（でも……）

これ以上は、駄目だ。

二人きりで会って話をしたら、桐谷を好きになってしまうかもしれない。彼のほうも好意を抱いてくれているのだから、普通なら何の不都合もないはずだ。

だが七瀬の身体には大きな傷があり、それを見た桐谷はきっと嫌悪を感じるに違いない。大人の男女なら身体の関係を避けて通れず、拒否するくらいなら最初からつきあわないほうがいい。

そう結論づけ、七瀬は深呼吸する。そして彼を見上げて答えた。

「桐谷さんのお気持ちを、とてもうれしく思います。でもわたしはそれをお受けすることはできません」

「なぜですか」

「この店を始めて、まだ一年経っていません。勉強しなければならないことがたくさんあって、恋愛に気持ちが向かないんです。だからすみません」

それを聞いた桐谷が、問いかけてくる。

「恋愛に気持ちが向かないということは、今現在は交際している男性はいないということですよね」

「ええ、まあ」

答えながら、七瀬は内心「しまった」と考えていた。

「彼氏がいる」と言えば簡単に終わる話だったのに、変に持って回った言い方をしたばかりに彼に突っ込まれてしまっている。桐谷が言葉を続けた。

「仕事が忙しいのは僕も同じですし、そうやって真剣に打ち込んでいるあなたを尊敬します。決して邪魔をする気はありません」

「…………」

「でも僕の実体験からすると、仕事ばかりの毎日は神経がピンと張り詰めていて、どこかで意図して緩めないとつらくなるんです。小此木さんはご自身で店を経営されていて、その重圧がかなりのものであることがわかります。だからこそ、互いにふっと力を抜ける存在になりたい。時間をかけて人となりを知っていって、いつか恋愛という形になれたら――そう考えています」

彼の言葉には誠意が溢《あふ》れていて、七瀬の胸が締めつけられる。

桐谷の好意を受け入れ、普通の男女のようにつきあえたら、どんなにいいだろう。こんなにも誠実な彼とならきっと幸せな恋愛ができるはずだ。

（……でも）

自分はそういう幸せを、望めない。

どれだけ願っても、この身体の傷があるかぎりは無理なのだ。そう自分に言い聞かせた七瀬は、意を決して口を開いた。

「桐谷さんのような方は、わたしには勿体《もったい》ないです。他にふさわしい女性がたくさんいると思います」

「僕はあなたに心惹かれています。誰でもいいわけではありません」

「ならばはっきり言います。――わたしの身体には、交通事故に遭ってついたひどい傷痕があります。それを見せたくないから、誰ともおつきあいするつもりはないんです。本当にすみません」

目を伏せて詫《わ》びると、桐谷が驚いたように口をつぐむ。しばし黙っていた彼は、やがて慎重な口調で問いかけてきた。

「事故って……怪我はもう、治っているのですか？」

「はい。昔の話なので」

「後遺症とかは」

「皮膚の引き攣《つ》れや、その部分では汗をかけないということはありますが、生活に支障はなく過ごせています」

すると桐谷が安堵《あんど》の息をつき、「よかった」とつぶやく。

「生活に支障がないと聞いて、安心しました。──言いづらいことを言わせてしまって、申し訳ありません」

優しい声で謝られ、七瀬はぐっと唇を引き結ぶ。

こちらの気持ちを慮《おもんぱか》ってくれたことに、涙が出そうになっていた。それをこらえていると、彼が言葉を続ける。

「小此木さんは交際しない理由として怪我を挙げていますが、僕は否定的な気持ちになっていません。むしろあなたのことを、もっと知りたいと思う」

「それは……わたしの身体にある傷痕がどれだけひどいか、わかっていないからです。見たら桐谷さんも、気持ち悪いと思うに決まっています」

話しながら、七瀬は自分の二の腕をぎゅっと強くつかむ。

本当は、傷痕についてこうして話すことも苦痛だ。服で隠れる範囲のため、普通の人はまったく気づかない。しかしそれ以上踏み込んでこようとする人間にコンプレックスを打ち明けなければならないのは、大きなストレスになっていた。

するといと桐谷がふいに意外なことを言った。

「ではまず、その話は脇に置いておきましょう」

「えっ？」

「小此木さんにとって、男女交際のハードルがとても高いことはよくわかりました。でしたらつきあう、つきあわないはさておき、友人として互いを知ることから始めませんか」

七瀬は驚いて彼を見つめる。

「あの、それって……」

「お茶を飲んだり、食事をしたり、趣味に関することを一緒にするのもいいですね。僕は今新しいプロジェクトが始まったばかりで忙しいのですが、数日中に落ち着いて残業をしなくてよくなります。平日でも週末でも、小此木さんのほうに時間を合わせますから、どこかに出掛けましょう」

さくさく話をまとめられ、七瀬は慌てて口を挟んだ。

「そんなの、ほぼつきあってるようなものじゃないですか。わたしは……っ」

「あくまでもこれは〝友人〟の範囲です。つきあうなら、もっと違う過ごし方をしますよ」

一瞬桐谷の目に色めいたものを感じ、ドキリと心臓が跳ねる。

思わず動揺して視線をそらすと、そんなこちらの気持ちを知ってか知らずか、彼があっさり言った。

「さて、そういうことですので、これからは積極的にお誘いします。また連絡しますね」

「あの……っ」

「では、失礼します」

＊＊＊

Dコンサルティングアドバイザリーの社内は、製造や流通、金融業、官公庁等といった各業界事業に精通する専門家を集めたグループと、戦略や組織人事、ファイナンス、IT等の各種コンサルティングサービスの専門家を集めたグループが組織され、個々のケースに応じたチームを作りながら顧客企業の変革を一貫してサポートしていく。

この会社に入社して六年目の桐谷は、戦略系グループのマネージャーだ。昨夜は自宅で資料を読み込んでいて四時間しか寝ていないものの、午前九時に出勤して自分の席でメールのチェックを始めた。

クライアントへのプレゼンは十日後に迫っており、方向性は固まっている。だが論点整理とワークプランは、まだ検討の余地ありだ。

しばらく考え込んだあと、足りない情報を収集するためにリサーチ会社に連絡を取った。そして明日の朝十時までにレポートをもらう約束を取りつけ、礼を言って電話を切る。

それからチームでのMTGに参加し、活発な意見交換をして、昼休みになった。デリバリーで頼んだ昼食を取りながら、桐谷はふと昨夜のことを思い出す。

(小此木さんが交際を断る理由が、身体に傷があることだったなんてな。……正直予想外だ)

「傷痕を見せたくないから、誰ともつきあう気はない」「見たら桐谷さんも、気持ち悪いと思うに決まっている」――という発言からすると、かなりひどい傷痕なのだろうか。

そう発言したときの小此木の表情を思い出し、桐谷は痛々しい気持ちになる。

(彼女の身体の傷痕は、コンプレックスに思うほどひどいものなのかな。……あんな顔をさせて、悪いことをしてしまった)

状況的に傷痕について説明をせざるを得なかった彼女の気持ちを想像し、言われた直後は「自分は引き下がったほうがいいのでは」という考えが一瞬頭をかすめた。

だが前の交際相手と別れて以来、仕事の忙しさから恋愛を二の次にしていた桐谷にとって、小此木は久しぶりに心を動かされた相手だ。せっかく知り合えた縁を、無駄にしたくない。どうにかして彼女を振り向かせたい——そんな思いがこみ上げて、仕方がなかった。

諦めきれなかった桐谷は食い下がり、「友人として、互いを知ることから始めよう」と強引に話をまとめたものの、小此木は納得しておらず前途多難だ。まずは二人で会うことに慣れさせなければと考え、桐谷はあれこれとプランを練る。

(明日は土曜で俺は仕事が休みだから、夜に誘ってみよう。受けてくれるといいけど)

昼休憩が終わったあとはクライアントの社員とリモートで話をし、夕方からシカゴオフィスからの問い合わせに対応する。

午後九時に退勤する直前にスマートフォンを見ると、小此木から土曜の夜の誘いに対するＯＫの返事がきていて、桐谷は微笑んだ。退勤前に朝に頼んだ資料の一部が一〇〇ページほど届いていたため、自宅でざっと目を通す。

集まったデータを大雑把に分類してから就寝し、翌日は家事をこなしながらプロジェクト関連の書籍を読んでいるうち、やがて夜になった。

午後八時の五分前に会社の最寄り駅に着いた桐谷は、駅前にあるチェーン店のカフェに入る。窓際の席で待つこと十五分、目の前の窓が外からコンと叩《たた》かれ、顔を上げるとそこには小此木がいた。

店の外に出ると、食べ物と排気ガスの入り混じった雑多な空気が全身を包み込んだ。桐谷は出入り口の横に立っている彼女に声をかける。

「こんばんは、小此木さん」

彼女は白いスキッパーシャツに紺のセンタープレスのパンツを合わせ、薄手のトレンチコートを羽織っていて、大人っぽいコンサバ系の服装だった。

普段はシャツにサロンエプロン、ハンチング帽という恰好のせいか私服がひどく新鮮で、こうして見るとやはりきれいな女性なのだと思う。

すると桐谷の視線を意識したのか、小此木が居心地悪そうに言った。

「あの、何か変ですか？　わたし」

「いえ。私服がとても素敵なので、ついまじまじと見てしまいました。すみません」

彼女がじわりと頬を染め、初心なその様子に桐谷の心が疼く。

（……可愛《かわい》いな）

小此木が視線を泳がせ、「あの」と言いながら口を開いた。

「こうして来てしまいましたけど、わたし、やっぱり――」

「ストップ。話はあとにしましょう。小此木さん、何か苦手な食べ物は？」

「……ないです」

「辛いものも平気ですか？」

彼女が頷き、それを見た桐谷は目の前に停《と》まっていたタクシーに乗り込む。

行き先を告げると、小此木が戸惑ったように言った。

「桐谷さん、一体どこに……」

「すぐ近くです」

タクシーで走ること五分余り、桐谷が彼女を伴って向かったのは、カレーショップだった。

十六種類のスパイスを使った牛すじカレーとチキンカレーが看板メニューの店で、圧力鍋で煮込んでいるために肉がホロホロと柔らかい。

「僕は牛すじカレーにしますが、小此木さんは？」

「じゃあわたしは、チキンカレーで」

オーダーを受けた店員が去っていったあと、小此木が興味深そうに店内を見回す。

「桐谷さんでも、カレー屋さんに来たりするんですね」

「以前この近くの企業がクライアントだったことがあって、たまたまランチで入ったんです。そういう感じで見つけた店が、あちこちにたくさんあるんですよ」

どことなく緊張している様子の彼女に、桐谷は問いかける。

「小此木さんは、お休みの日は何を？」

「焙煎所に行って豆の買い付けをしたり、焙煎士さんが開催するワークショップに参加したりしています。コーヒーの抽出のメソッドは人それぞれなので、あちこちのお店に行って実際に飲んで勉強したり」

「つまり、仕事に関することしかしていないと。疲れませんか？」

すると小此木が「いいえ」と即答した。

「ドリッパーの形や豆の種類、焙煎度、お湯の温度――無限の組み合わせがある中で、自分なりの正解を引き当てるのが本当に難しくて。だから時間がいくらあっても足りない感じです」

彼女がいかにコーヒー一辺倒なのかがわかり、桐谷は微笑む。

これほどまでに真剣に仕事に取り組んでいるからこそ、小此木が淹れるコーヒーは美味しいに違いない。

そこでカレーが運ばれてきて、彼女が目を輝かせる。牛すじもチキンも、上には素揚げしたナスや蓮根、かぼちゃなどの野菜や糸唐辛子が載せられ、彩りがいい。

カレーはスパイスの香りと旨味が凝縮された本格的な味わいで、スプーンを口に運んだ小此木が、口の中のものを嚥下《えんげ》して言った。

「美味しいです……！　野菜のコクとスパイスの風味が複雑に混ざり合ってて、辛さもちょうどいいですね」

彼女が気に入ってくれたようで、桐谷はホッとする。

目の前の小此木は存外表情豊かで、見ていて飽きない。そのとき彼女が「あの」と言って、こちらを見た。

「桐谷さんはコンサルティング会社にお勤めとのことですが、公認会計士さんはそういうところで働かれる人が多いんですか？」

「大抵は監査法人や一般企業の監査役が多いです。他は個人の会計事務所や税理士法人、コンサルティングファームですね。監査は公認会計士の独占業務で、上場企業にとっては好不況にかかわらず取りやめることができないものですから、就職先に困らないのが利点なんですよ」

桐谷は大学一年で公認会計士の試験に合格し、二年生から四年生までは学生非常勤スタッフとして実務の経験を積んだ。それを聞いた小此木が、目を瞠って言う。

「大学在学中から、経験を積めるものなんですか？」

「試験に合格していれば可能です。ただ、すぐに公認会計士を名乗れるわけではなく、協会へ名簿登録をするには一定の要件を満たさなければなりません。まずは業務補助を二年間、これは監査法人への就職でクリアできます。もうひとつ、実務補習所というところで単位を取得しなければならない決まりがあって、これは週に一、二回、三年間通って講習を受けます。最後に修了考査という試験を受けて、ようやく公認会計士を名乗れるようになるんです」

大学卒業後に監査法人に就職した桐谷は、そこで財務監査などを担当し、二年勤めたあとにDコンサルティングアドバイザリーに転職した。

それを聞いた彼女が、感心したようにつぶやいた。

「難しい資格なだけあって、実際に名乗れるようになるまで時間がかかるんですね」

「小此木さんは、コーヒーに関して学校などで学ばれたんですか?」

「はい。専門学校に行きました」

思いのほか会話が弾み、桐谷は楽しい時間を過ごす。店を出ると午後九時で、小此木が礼を言ってきた。

「桐谷さん、すみません。ご馳走さまでした」

「いえ。仕事でお疲れでしょうから、今日はこれでお開きにしましょう」

それを聞いた彼女が、明らかにホッとした顔を見せる。

おそらくはこのあとの流れを想像し、あれこれと気を揉んでいたに違いない。嘘《うそ》をつけないその様子に内心苦笑しながら、桐谷は小此木に提案した。

「小此木さん、今度コーヒーに関するワークショップに参加されるときは、僕も誘っていただけませんか」

「えっ?」

「小此木珈琲に通うようになってから、コーヒーの奥深さに興味が湧いてきたんです。プロのバリスタであるあなたと一緒なら、そういう催しもきっと楽しめるでしょうし」

すると彼女がどこか面映《おもは》ゆそうな表情になり、頷いた。

「はい。ではそういったイベントがあれば、お誘いします」

桐谷は少し歩いた先に停まっていたタクシーに小此木を乗せ、料金トレイに代金を置く。彼女は「自分で払いますから」と言って固辞しようとしたものの、桐谷は笑って首を横に振った。

「僕がお誘いしたんですから、気になさらないでください。では小此木さん、また」

「はい、……おやすみなさい」

第三章

今週から小此木珈琲には二種類のシングルオリジンと新しいブレンドが入荷し、それを売り出している。

特に人気なのはブレンドで、グアテマラ、ホンジュラス、エチオピアの三種類を配合し、酸味と甘さのバランスに優れたコーヒーに仕上げた。中煎りにしたことで、オレンジやベリーを思わせるフレーバーにミルクチョコレートのようなコクが加わり、スペシャルティコーヒーらしい味わいになっている。

一方、平川が作るスイーツも好評で、今日は自家製バニラアイスを添えた林檎《りんご》のタルトタタンと甘夏のレアチーズムース、くるみ入りのガトーショコラだ。

午後二時、比較的店内が落ち着いた状態で洗い物を終えた七瀬は、昼休憩に入る。スマートフォンを見るとメッセージがきており、ポップアップに桐谷の名前があった。

内容は「今夜、午後八時に迎えに行きます」と書かれており、七瀬は考えた。

（今夜行くのって、ボルダリングジムだって言ってたよね。わたし、あんまり握力がないんだけど、上手くできるかな）

店の客である桐谷から「まずは友達から始めよう」と言われ、初めて二人きりで会ったのは、今月の十日だ。

そのときは近くのカレーショップに連れていかれ、思いのほか庶民的な店で、ふっと肩の力が抜けた気がした。てっきり割烹やフレンチなどの高級なところに行くのかと考えていただけに、いい意味で裏切られたといえる。

本当はあのとき、七瀬は彼の申し出を断るつもりでいた。こちらを女性として見てくれるのはうれしいが、自分の身体にはひどい傷がある。

ただの友人なら構わないだろうが、もし彼氏彼女としてつきあう場合、身体の関係は避けられない。かつての交際相手のように「気持ち悪い」という眼差《まなざ》しを向けられることに、七瀬は耐えられなかった。

あんな思いをするくらいなら、最初からつきあわなければいい。自分から傷痕のことを話したのも、それ以上深入りされないための予防線を張ったつもりだった。

（それなのに……）

桐谷は「仕事に真剣に打ち込んでいる七瀬を尊敬していて、決して邪魔をする気はない」「忙しいのはお互いさまだが、ふっと力を抜ける存在になりたい。時間をかけて人となりを知っていって、いつか恋愛という形になれたら」と語り、押しつけがましくない言葉に七瀬はぐっと心をつかまれてしまった。

最初の食事を皮切りに、この二週間で三回も会ってしまっているのは、彼に惹かれる部分があるからだ。

最初から一貫して折り目正しい態度を崩さず、時間をかけてこちらの気持ちを解《ほぐ》そうとする桐谷は、誠実な印象だった。

話し声は穏やかで優しく、威圧感がない。さりげなくドアを押さえてくれたり、道で人にぶつからないように庇《かば》ってくれたりと、気遣いを感じる。

加えて端整な容貌の持ち主で、言葉の端々に知的さを感じ、実際に難関の資格を持つ経営コンサルタントだ。そんな彼と顔を合わせるうち、七瀬は少しずつ惹かれていく気持ちを自覚していた。

（でも……）

途端に過去の出来事を思い出し、七瀬は苦しくなる。

初めてつきあった男性である広田も、とても優しい人だった。こちらの事情を知った彼は「俺は全然気にしない」「七瀬の中身に惹かれてるから、全部見せてほしい」と言ってくれたものの、七瀬の身体を見るなりあっさり前言を撤回し、「気持ち悪い」と言った。

桐谷が同じような態度を取らないと、どうして言いきれるだろう。広田の反応はむしろ当たり前で、七瀬の身体の傷は自分でも目を背けたくなるくらいに醜いものだ。

（そうだよ。わたしには、普通の恋愛は無理。……そうわかってるはずなのに）

初めてカレーを食べに行ったときから、七瀬は一度も彼の誘いを断れていない。二度目は隠れ家的な蕎麦屋《そばや》、三度目はイタリアンダイニングに行き、てっきり今回も食事かと思いきや、朝に届いたメッセージは「ボルダリングジムに行きませんか」というものだった。

ちなみに七瀬はインドア派で、普段は運動らしきことは一切していない。一日中立っている職業のため、わざわざそういうことをしようと思わないというのが本音だ。

（ボルダリングって、確か壁にある突起をつかんで上に登るスポーツだよね。そもそも桐谷さん、経験があるの？）

七瀬から見た桐谷はスーツがよく似合う人物で、スポーツなどをやるようには見えない。

むしろ本を読んだりするほうがしっくりくるように思うが、どうなのだろう。七瀬が「わたしは経験がないのですが」と送ると、彼は「スタッフがレクチャーしてくれますし、僕も教えるので大丈夫です」と答えた。

さらに動きやすい伸縮性のある服を用意することと、肌が見えないようにインナーを着ること、シューズはジムでレンタルできることなどが記されていた。

(恰好は、Tシャツとストレッチパンツとかでいいのかな。あとは靴下とか?)

スマートフォンを見つめながら考え込んでいると、ふいに後ろから声をかけられる。

「あー、また連絡取り合ってる~。いいですね、仲が良くて」

ドキリとして肩を揺らして振り返ると、そこには平川がニヤニヤして立っている。

彼女は七瀬のスマートフォンのディスプレイが見えてしまったらしく、通話アプリのトーク相手が桐谷だとわかったようだ。七瀬は居心地の悪い気持ちで、モゴモゴと答えた。

「そんな、しょっちゅうやり取りしてるわけじゃ……。今は休憩中だし」

「別に責めてませんよ。純粋に、店長にそういう相手ができてよかったなーって思ってるだけです。しかもあんなハイスペックな人だなんて」

平川が同級生の公認会計士から聞いた話によると、コンサルティングファームに所属する公認会計士はかなり高給らしい。

大学在学中に試験に合格すれば〝学生非常勤〟として監査法人で働くことができ、その時給は彼女が聞いたときは二八〇〇円と破格の値段だったという。

繁忙期はそれが三六〇〇円に跳ね上がり、一日七時間、週に三日勤務を一ヵ月やるだけで五十万円近く稼ぐというから驚きだ。ちなみに公認会計士として数年経験を積んだあとに非常勤になれば、その時給は六千円にもなるという。

現在の桐谷はマネージャーの役職に就いているため、「年収一千万はきっと余裕ですよ」と平川から聞いた七瀬は、気後れした。

（そういう人なら、他にもっとふさわしい女性がいそうなのに。何でわたしなんだろ）

七瀬が見たところ、桐谷は自身の財力や社内のポジションをひけらかす様子は一切ない。

むしろこちらに合わせてかなり庶民的なデートをしてくれていて、当初のイメージより親しみやすい雰囲気だった。だが、今日こそははっきり言わなければ――と七瀬は考える。

（わたしに恋愛する気はないんだって、ちゃんと話をしないと。桐谷さんの時間を奪うのはよくない）

彼に惹かれる気持ちは確かにあるものの、自分の身体にある傷を消せない以上、想っても無駄だ。

幻滅されるくらいなら、最初から踏み込まないほうがいい。本格的に好きになる前に、二人きりで会うのをやめるべきだ。

（桐谷さんに、いつ話そう。せっかく誘ってくれたんだし、ボルダリングのあとのほうがいいかな）

距離を置こうと決めた途端、こみ上げる後ろ髪を引かれる思いを、七瀬はぐっと押し殺す。

こんなふうに誰かにときめいたのは久しぶりで、一緒に出掛けるのも楽しかった。恋人にはなれなくても、桐谷と今後も友人のようになれないかという思いが頭をかすめるものの、それはあまりにも都合のいい話だろう。

（残念だけど、仕方ないよね。桐谷さんならきっと他の女の人が放っておかないし、いいご縁があるはず）

そう結論づけ、七瀬はことさら明るく言った。

「今日はボルダリングに行くの。わたし、あんまり運動とか得意じゃないから、上手くできるか不安なんだよね」

「へー、そういうところに誘うなんて、結構意外ですね。でも楽しそう」

客のオーダーをこなしながら細切れに休憩を取り、やがて夜になる。

店を閉めた七瀬は一旦二階の自宅に戻り、Tシャツとインナー、ストレッチパンツなどの着替えをまとめた。それらを持って外に出ると、店の前に黒い高級車が停まっていて、運転席から桐谷が顔を出した。

「こんばんは、小此木さん」

「車なんですか？　てっきりわたし、地下鉄で行くとばかり……」

「ボルダリングジムは東区《ひがしく》なので、車のほうが行きやすいんです。どうぞ」

促され、七瀬は遠慮がちに助手席に乗り込む。

こんなに高そうな車に乗ったのは初めてで、ドキドキした。彼がハザードランプを切り、車を走らせ始める。七瀬は桐谷に問いかけた。

「桐谷さんはいつも出勤されるときは、電車や地下鉄を使ってるんですか？」

「はい。車に乗るのは、休みの日だけです。今日はボルダリングに行こうと決めていたので、車で来ました」

車のシートは若干硬いものの、身体に感じる振動は少なく、乗り心地がよかった。

運転席の桐谷を見ると、スーツ姿の彼がハンドルを握る姿は思いのほか恰好よく、胸の奥がきゅうっとする。七瀬は慌てて目をそらしながら言った。

「突然ボルダリングに誘われて、びっくりしました。そういうのをするタイプに見えなかったので」

「三年くらい前に友人に誘われて、運動不足解消のために始めたんです。水泳がダイエットにいいと聞いたことがあると思いますが、ボルダリングの消費カロリーはその一・三倍になるといわれています。全身の筋肉を使うので、体幹《たいかん》やインナーマッスルを鍛えられたり、柔軟性も高まるので、いいこと尽くしなんですよ。頭も使いますしね」

七瀬が「頭、ですか?」と首を傾《かし》げると、桐谷が頷く。

「もちろん腕力も必要なんですが、重心の位置や体の使い方などをイメージしながら登るので、身体だけではなく頭も使うんです。ひとつひとつの課題《コース》には難しい部分が必ず一箇所あって、何度も挑戦してようやくゴールまで到達できたとき、大きな達成感をおぼえます」

それを聞いた七瀬の中に、じわじわと興味が湧く。

だが運動神経はさほどよくはなく、一抹《いちまつ》の不安があった。車で走ること二十分少々、目的のボルダリングジムに着く。

パッと見は倉庫のように見える建物に気後れしたものの、中に入るとカラフルな突起物がちりばめられた五メートルほどの壁がそびえ立ち、たくさんのクライマーがいて、真下には分厚いマットが敷かれていた。

更衣室で着替えた七瀬は、施設で借りたクライミングシューズを履く。フロアに戻ると既に桐谷がいて、少し離れたところからそれを見た七瀬は目を瞠った。

(わ、桐谷さん、いつもと雰囲気が違う……)

彼はグレーのTシャツに七分丈のカーキ色のパンツを穿《は》いていて、しなやかで筋肉質な体型がよくわかった。

普段はスーツ姿しか見ていない七瀬の目に、それはひどく新鮮に映る。桐谷がこちらに気づき、笑って言った。

「そういうラフな恰好も似合うんですね。可愛い」

突然褒められて頬がじんわりと熱くなるのを感じながら、七瀬は小さく答える。

「桐谷さんも……」

「えっ?」

「いつもと雰囲気が全然違います。スポーツとか、全然やらなそうに見えるのに」

するとそれを聞いた彼が、噴き出して答えた。

「そうやって、普段はわからないようなことを知ってもらえるとうれしいです。ルールを説明しますから、こっちに来てもらえますか」

七瀬を手招きした桐谷が、壁に貼られたプレートを見ながら説明する。

「見てのとおり、ボルダリングは壁にカラフルなホールドが埋まっていますが、どれを使ってもいいわけではありません。色によって難易度《グレード》が設定されていて、その色のホールドのみを使って上に登るスポーツなんです」

このジムでは難易度が九段階に分かれていて、ダークな色になるほど難しく設定されているらしい。

一番易しいのは黄色になっており、最初につかむホールドの横にはスタート地点を示す〝S〟と書かれたテープが貼られていた。見上げると〝G〟というテープが貼られたホールドがあり、それを両手で保持するとゴールという仕組みだ。

いきなり登り始めると必ず迷子になるため、事前に壁をよく観察し、該当のホールドから導き出されるコースを頭に入れることが重要なのだという。

どういう動きで登っていけばいいか、パズルのように考えるのも醍醐味《だいごみ》のひとつだと言われ、七瀬はすっかり感心してしまった。

「桐谷さんが『頭を使うスポーツだ』って言っていた意味が、よくわかりました。最初はどのホールドを使ってもいいと思っていたので」

「一度僕がやってみるので、見ていてください」

登っている人の下にいるのは非常に危険なため、マットの外に出ているように言われた七瀬は、少し離れたところから桐谷を見つめる。

彼は六番目の難易度のコースを選択したらしく、しばらく下から壁を見上げて観察していた。やがてチョークといわれる滑り止めの粉を手に付け、登り始める。

（わ、すごい……）

彼は長い手足を駆使してホールドをつかみ、上を目指していく。

血管の浮いた腕やTシャツ越しにわかる肩甲骨、しなやかな筋肉が男っぽく、七瀬は見ていて胸がドキドキした。

桐谷はときどき動きを止めてコースを確認し、自分の身体を上に引き上げていって、やがて上のゴールのホールドを両手でつかむ。
二、三秒ほど静止した彼は半分ほどまでホールドを使って降り、そこからマットに飛び降りた。こちらに戻ってきた桐谷に、七瀬は興奮して言う。
「すごいです。難しそうなコースだったのに、ちゃんとゴールできましたね」

「これは六番目の難易度で、僕が普段よくやるコースなのですが、七番目になると難しくて途中で諦めたりもします。小此木さん、早速やってみますか」

まずはスタートからゴールまでの手順を考える〝オブザベーション〟を行い、コースを頭に叩き込む。

桐谷がコースの脇からアドバイスしてくれた。

「コツは、なるべく腕を伸ばして足を使いながら登ることです。ハシゴを登るのをイメージして、腕を伸ばしながら右、左という感じで」

一番易しい難易度で始めたものの、ホールドを握るのは思いのほか力を使い、途中で落ちてしまう。

三度目のトライで何とか上まで行くことができ、大きな達成感を味わった。しかし腕が疲労でプルプルしてしまい、それを見た彼が笑って言った。

「ホールドをギュッと強く握ってしまうと、すぐに疲れてしまいます。手をホールドに引っかける感じにすると、上手く力を温存することができると思いますよ」

結局トータルで五回登ったものの、ゴールできたのは二回だけだった。

しかし桐谷は難易度の高いコースをクリアしていて、七瀬の中に尊敬の念が湧く。

一時間半ほどして帰り支度をし、車に乗り込んだ七瀬は、興奮気味に言った。

「すごく楽しかったです。なかなか登れなくて何回も試行錯誤して、ようやくゴールできたときの達成感は最高ですね」

「よかった。趣味を一緒に楽しんでもらえると、うれしいです。連れてきた甲斐《かい》がある」

微笑む彼の横顔を見た七瀬の胸が、きゅうっとする。

今日はこれまでとは違う桐谷の一面が見られて、とても新鮮だった。スーツではない彼は男っぽく、年上らしい頼りがいがあり、初心者である自分にレクチャーしてくれたときの説明もわかりやすかった。

未経験であることから最初は尻込みしていたものの、実際にやってみると楽しく、あっという間に時間が過ぎている。

（でも……）

この二週間ほど桐谷と会ってきた七瀬だったが、今日ははっきりこちらの考えを告げるつもりでいた。

いくら想いを寄せてくれても、自分は彼とはつきあえない。だったらいつまでも結論を引き延ばすような真似《まね》はせず、身を引くべきだ。その結果、桐谷との交流が途絶えてしまっても、それはもう仕方がないことだと思っている。

そう考える七瀬の横で、彼が前を向いて運転しつつ言った。

「帰りが少し遅くなりますが、このあと食事でもいかがですか？　和食の美味い店があるので、よかったら」

「いえ。――わたし、桐谷さんにお話があって」

するとと桐谷がチラリとこちらに視線を向け、問いかけてくる。

「どこかの店に入って話しますか？」

「あの、車の中で充分なんですけど」

店に入れば当然のように彼に奢《おご》られてしまうため、無駄な出費をさせるのは気が引ける。

そんな七瀬の言葉を聞いた桐谷がハンドルを切り、住宅街の中にある公園の脇で車を減速させた。停車したあとにハザードランプを点灯させた彼に対し、七瀬が口を開こうとすると、それより一瞬早く桐谷が言う。

「小此木さんが何を話そうとしているか、だいたい想像がつくのですが。――もしかして、こうして僕と会うのをやめたいと思ってますか」

「……っ」

図星を突かれた七瀬はぐっと言葉に詰まったものの、目を伏せて答える。

「……はい。この二週間、桐谷さんにはいろいろなところに連れていっていただきました。でも、もうこうして会うことはやめたいんです。わたしはあなたとおつきあいすることはできません」

彼が沈黙し、七瀬は何ともいえない気まずさをおぼえる。

きっと桐谷は、こちらに呆《あき》れているのだろう。もしかすると、「結局そんなことを言い出すなら、最初から二人で会うな」と考えているのかもしれない。

しかし彼は七瀬を責めることなく、穏やかに言った。

「僕はこの二週間、楽しかったですよ。小此木さんの腰が引けているのは感じていましたが、あなたは存外感情が顔に出やすい。美味しいものを食べたときに目をキラキラさせたり、コーヒーについて語るときは熱のこもった口調になったり――そんな様子を、好ましい気持ちで見ていました」

「…………」

「さっきもそうです。ボルダリングと聞いて戸惑っていたのが、いざコースを前にすると一生懸命取り組んでくれ、失敗しても何度もチャレンジして、ようやくゴールできたときはうれしそうな顔をしていた。何事も手を抜かないその性格や、ふとしたときに浮かべる笑顔を目の当たりにするうち、僕はやはりあなたとつきあいたいと思ったんです」

桐谷の言葉を聞くうち、七瀬は苦しくなる。

手の上の拳をぐっと握りしめ、カチカチというハザードランプの音を聞きながら、押し殺した声で言った。

「桐谷さんのお気持ちは……本当にうれしく思います。でも、やっぱり無理なんです。友人ならともかく、わたしは恋人にはなれません」

「それは事故に遭ったときに負ったという、身体の傷のせいですか」

「……そうです」

「もしかして、そのことで誰かに何か言われたことがあるんですか？」

彼の問いかけに七瀬は顔を歪《ゆが》め、小さく頷いて答える。

「はい。専門学校のとき、初めてつきあった男性とそういう流れになって……身体を見た瞬間に言われました。『ごめん、気持ち悪い。無理だわ』って」

思わず語尾が震え、七瀬は唇を引き結ぶ。

本当はこの件については、話したくなかった。だがこれまで真心を尽くしてくれた桐谷には、嘘はつけない。むしろこれを聞くことで、自分を諦めてほしいと思う。

すると彼がこちらに視線を向けて言った。

「小此木さんが断る理由はよくわかりましたが、僕はそれを聞いて諦めようとは思えません。それどころか、あなたを傷つけた元彼に強い怒りをおぼえる」

「このあいだも言いましたが、それは桐谷さんが実際にわたしの傷痕を目にしていないからです。専門学校時代につきあっていた彼も、とても優しい人でした。彼は傷のことを『俺は全然気にしない』『七瀬の中身に惹かれてるから、全部見せてほしい』って言ってくれて、信用して見せたんです。……それなのに」

こらえきれずに涙が零《こぼ》れ、七瀬は急いでそれを拭う。そして気持ちを立て直し、言葉を続けた。

「彼がそう言うのは、当然なんです。わたし自身、お風呂に入るたびに傷痕が目に入って、嫌な気持ちになりますから。でも、また誰かに化け物みたいな目で見られるのは……耐えられない。だから男女交際はもうしないって、心に決めてるんです」

言いきった七瀬は、小さく息をつく。

車内の重苦しい雰囲気は、ボルダリングジムにいたときとは大違いだった。目を伏せて桐谷の答えを待っていると、やがて彼が口を開く。

「ひとつ、聞かせてください。――僕と会っているとき、小此木さんは楽しかったですか?」

突然の問いかけに七瀬は目を見開き、頷いて答えた。

「はい、……とても楽しかったです」

桐谷が連れていってくれるところは肩肘張らずに楽しめるカジュアルな店で、会話も弾み、自分の職業や地位をひけらかさないところに好感が持てた。

メッセージのやり取りもさらりとしていて、気負いなく返信できる。何より〝友人として、互いを知ることから始めよう〟という当初の提案を守り、一方的に関係を押し進めようとしないのにもホッとしていた。

すると彼はこちらを見つめ、明朗な口調で告げる。

「でしたら、改めて言います。小此木さん、僕の恋人になってくれませんか」

「恋人って……あの、わたしの話を聞いてましたか？　そういうおつきあいができないから、もう会わないと言ってるんです。それなのに――」

「聞いた上で言ってるんですよ。僕はあなたの、恋人になりたい。元彼に負わされた心の傷が癒えるように、僕が小此木さんをとことん甘やかしたいんです」

かあっと頬が熱くなり、七瀬は桐谷から目をそらす。そしてひどく動揺し、シートベルトを外しながら早口で言った。

「そんなの、信用できません。そうやって耳触りのいいことを言って、土壇場《どたんば》で態度を覆すに決まってます。わたし、ここで失礼します」

「――待ってください」

助手席から降りようとした瞬間、彼に手を握られて、七瀬の心臓が跳ねる。

桐谷がこちらに身を乗り出すようにしながら、きっぱりと言った。

「僕はあなたを傷つけない。どうか信じてください」

「……っ」

「決して無理強いはしません。小此木さんに好きになってもらえるよう、時間をかけて努力すると約束します。だから最初は暫定《ざんてい》でもいいので、僕をあなたの恋人にしてもらえませんか」

彼の手は温かく、七瀬のそれをすっぽり包み込むほど大きい。

その感触とこちらを見つめる真っすぐな眼差し、真摯な声音は、七瀬の心に響いた。これまで桐谷に抱いていた好感がぐんと密度を増し、胸がいっぱいになる。握られた手を強く意識しつつ、七瀬は小さく言った。

「普通の大人の男女なら、おつきあいには身体の関係が含まれると思います。わたしは現時点ではそれに応じられませんし、だとしたら桐谷さんの時間を無駄にすることになります。あなたには、他にもっとふさわしい人がいるんじゃないですか？」

「僕は小此木さんがいいんです。あなたが嫌なら、身体の関係を強要するつもりはありません。でもこうして二人で会って、一緒に食事したり、互いの趣味のことで出掛けたり――その関係に、〝恋人〟という名前をつけてはいけませんか」

信じてもいいのだろうか。

いや、身体の関係がなくてもいいというのなら、これまでのようなつきあいを続けていくことに何の問題もないのではないか。

そんなふうに考え、意を決した七瀬は彼を見つめて答えた。

「わたしも……桐谷さんが好きです。一人の男性として」

「本当ですか？」

「はい。でも自分にそう告げる権利はないと思って、距離を置こうとしていたんです。自分の身体のことを思えば……桐谷さんを意識するのもおこがましいって」

「そんなふうに自分を卑下《ひげ》するのはやめてください。小此木さんは、素敵な女性ですよ。バリスタとして高い技術を持ち、仕事に対して努力を惜しまず、表情が豊かで笑顔が可愛い。一緒にいると気持ちが安らいで、もっとあなたと一緒にいたいと思うんです」

ストレートな褒め言葉に、七瀬は気恥ずかしさをおぼえる。

これまでそういったことを言われ慣れていないだけに、どんな顔をしていいかわからなかった。桐谷が確認するように言った。

「………」

「あなたがそういう気持ちでいてくれるなら、今日から僕らは恋人同士です。それでいいですか？」

「……はい」

頷いた瞬間、ときめきと気恥ずかしさがない交ぜになった気持ちがこみ上げ、七瀬の頬が熱くなる。

思えば恋愛の経験は専門学校生のときの一ヵ月だけで、それもひどい形で終わった。以来、アプローチしてくる人物がいても断ってきたため、初心者といっても過言ではない。

七瀬は彼に対し、「でも」と言葉を続けた。

「もし桐谷さんがわたしと一緒にいるのが嫌になったり、他に好きな人ができたりしたら、すぐに言ってください。わたしは身を引きますから」

「小此木さんとつきあってるのに、他の女性に心を動かしたりしませんよ。僕はそういうタイプに見えますか？」

苦笑いしながらそう言われ、自分が失礼な発言をしたのに気づいた七瀬は、慌てて謝る。

「ごめんなさい。桐谷さんが浮気をするような人間だと思ってるわけじゃなくて、わたしに自信がないだけですから……」

「あなたの過去の恋愛経験を思えば、そんな考え方をしてしまうのにも納得できますが。きっと時間をかけて払拭していくしかないのでしょうね」

桐谷が先ほどから握ったままだった七瀬の手を、自身の口元に持っていく。

そして熱を孕《はら》んだ眼差しでささやいた。

「——大切にします。あなたに信用してもらえるように、頑張りますから」

彼の整った顔と指先に触れる唇の感触を意識し、七瀬の心拍数が上がる。

桐谷がニッコリ笑って言葉を続けた。

「さて、早速ですが、呼び方から変えていいですか。七瀬さんと呼んでも？」

「は、はい」

「これからどうしましょうか。どこかで食事をと思ったのですが」

「あの、今日はもう帰ります」

突然彼とつきあうことになってしまい、正直気持ちがいっぱいいっぱいで、追いついていない。するとそれを察したらしい桐谷が、頷いて言った。

「わかりました。じゃあ自宅まで送ります」

決してゴリ押しをせず、こちらの気持ちを優先してくれるところに、七瀬はホッとする。

それから約二十分車を走らせるあいだ、他愛のない話をした。やがて自宅の前に車が停まり、七瀬は彼に礼を言う。

「桐谷さん、わざわざ送ってくださってありがとうございました」

「いえ。また連絡します」

「おやすみなさい」

目の前で走り去っていく車のテールランプを、七瀬はどこか夢心地で見送った。

(信じられない。わたしが桐谷さんと、つきあうだなんて)

身体の傷のことを持ち出しても、桐谷は微塵《みじん》も揺るがなかった。

それに絆《ほだ》される形で交際を受け入れたものの、心には一抹の不安がある。はたして彼は、身体の関係に応じない自分をこの先も好きでいてくれるだろうか。

(わからない……でも)

こちらのコンプレックスを知ってもなお、はっきりと好意を示して踏み込んできてくれた桐谷に、胸がときめいている。

何より彼と今後も会えることが、七瀬はうれしかった。自宅に入り、灯りを点《つ》けた七瀬は、両親の仏壇の前に座って心の中で今日の出来事を報告する。

（お父さん、お母さん、わたしの身体の傷のことを知っても「好きだ」って言ってくれる人と、つきあうことになったよ。……でも、あまり期待しないほうがいいのかな）

普通の男女とは違う関係は、もしかするとすぐに終わりが来るのかもしれない。だとしても、桐谷を恨《うら》むのはやめようと七瀬は考える。彼に言葉を尽くして気持ちを伝えてもらえたとき、うれしかった。恋愛を諦めていた自分に、恋のときめきを味わわせてくれただけで充分だ。

（いつか終わりがくるのだとしても、今は桐谷さんの申し出を受け入れよう。それでいいよね）

微笑んだ七瀬は、ロウソクを消して立ち上がる。

そして空腹を感じて台所に向かいつつ、これからの桐谷とのつきあいに思いを馳《は》せた。

＊　＊　＊

コンサルティングファームで働く戦略コンサルタントは、クライアントの経営課題を炙《あぶ》り出し、解決するための方法を考えることが仕事だ。

プロセスとしてはまず入念な調査を行い、戦略の策定において充分な情報収集と仮説の立案、検証を繰り返す。クライアント先を訪問し、方向性を合わせるためのハンズオンミーティングをする一方、仮説の立案と分析、検証のための社内ミーティングを頻繁に行っていた。

情報収集のためのインタビューやリサーチなども同時に進めるため、プロジェクトの進行中はやらなければならないことが非常に多い。マネージャーである桐谷はリーダーとしてプロジェクトのクオリティやスケジュール、予算の管理を担当する他、クライアントとの折衝にも出向く。

社内においては人材育成や採用、全社的な取り組みも任されるポジションであり、各所に目を配らなければならず、多忙を極めていた。

木曜である今日は朝から部下のシニアアソシエイトと面談し、前日までのインタビュー内容を踏まえたスライドの修正と追加項目の確認をした。

「ブラッシュアップしたスライドストーリーを、午後までに上げてくれ。来週月曜のMTGまでに、スライドを二十枚くらい追加できそうか？」

「はい。やります」

できれば補佐を一名つけてほしいと言われ、桐谷はそれを了承する。

その後は前日までに作成した資料を持ってクライアントの会社に向かい、進行中のプロジェクトの状況共有のためにクライアント役員とミーティングをした。

今後の進め方について合意を得たあと、すぐにチームメンバーと上役《パートナー》にミーティングの内容をフィードバックする。ちょうど昼時で、別のチームリーダーからランチを一緒にしないかという誘いがあったため、OKの返事を送信した。

地下鉄で移動しながら、桐谷はふと昨日のことを思い出す。

(七瀬さんが、ようやく俺の彼女になってくれた。それはうれしいけど……)

最初彼女は、桐谷に「こうして会うことはもうやめたい」と言った。

友人ならともかく、恋人にはなれないと語った七瀬は、専門学校時代につきあった男の発言を詳細に説明し、それを聞いた桐谷の中に激しい怒りが湧いた。

(すべてを受け止める度量もないくせにさんざん期待させる発言をして、土壇場でそんなことを言うなんて。自分の言葉で相手がどれだけ傷つくかの想像力もない、最低な男だ)

その話をしたとき、七瀬は泣いていた。

彼女の涙を目の当たりにした桐谷は、過去のつらい記憶を話させてしまった申し訳なさと強い庇護欲《ひごよく》、両方を感じた。恋愛に臆病になっている七瀬を、抱きしめたい。きれいな容姿の持ち主で、バリスタとしても確かな実力がある彼女がコンプレックスで萎縮《いしゅく》しているのを見ると、ひどくもどかしい気持ちになった。

(だから……)

桐谷は言葉を尽くし、七瀬に自分の想いを告白した。

二人きりで会うようになって二週間、彼女と一緒に過ごす時間はとても楽しい。昨日はボルダリングジムに行ったが、運動が苦手でも一生懸命取り組んでくれ、ゴールしたときの弾《はじ》けるような笑顔が可愛らしく、ぐっと心をつかまれた。

そうしたことを話した結果、七瀬は現時点では身体の関係に応じられないとしながらも、「わたしも桐谷さんが好きです」と言ってくれた。いわば条件つきで交際を了承した形だが、桐谷はそれでも構わないと思っている。

(彼女のトラウマからすれば、つきあうのは簡単な話じゃない。今は恋人になれただけで充分だ)

こんなにも七瀬に惹かれたことが、我ながら不思議だった。

人並みの恋愛経験はあるものの、仕事の責任が重くなるにつれてそうしたことが二の次になり、この一年ほどは彼女がいない。

忙しい毎日の中、駅から会社に向かう途中で鼻先をコーヒーの豊潤な香りがかすめ、誘われるように小此木珈琲に足を踏み入れたところ、そこはとても居心地のいい空間だった。

店長である七瀬の柔らかな笑顔、そして彼女が淹れるコーヒーは仕事で張り詰めた桐谷の神経をふっと緩めてくれ、気がつけば何度も足を運んでいた。

カウンター越しに見える七瀬の丁寧な仕事ぶり、伏せた長い睫毛《まつげ》や整った顔立ちが気になり始めたのは、二度目の来店あたりからだったと思う。

ほっそりした骨格と指の長い手、さりげないアクセサリー遣いが女らしく、「きれいな女性だな」と感じた。帳簿の仕訳に悩んでいた彼女に助言できたのは、公認会計士の資格を持つがゆえだ。それから会話が増え、アプローチを始めて今に至るが、ようやく七瀬が自分の手に落ちてきたのだと思うとひどく感慨深い。

(早速今夜、誘ってみるか。今まではアルコールなしで食事していたけど、今日は飲みに行くのはどうだろう)

仕事をしながらあれこれと思案し、やがて夜になる。

上役とワークプランについて議論し、一段落した桐谷は、午後七時半に退勤した。

会社から小此木珈琲までは徒歩三分ほどで、ラストオーダーにぎりぎり間に合う時間に着く。

店内に入ると、二人連れの客が二組と一人客がいた。カウンターの中にいた七瀬が顔を上げ、声をかけてくる。

「いらっしゃいませ、……」

来店したのが桐谷だとわかった瞬間、彼女がドキリとしたように言葉を途切れさせる。桐谷はカウンターの定位置に腰を下ろし、挨拶した。

「こんばんは」

「い、いらっしゃいませ」

他に客がいる手前、七瀬は精一杯何食わぬ表情を作ろうとしているものの、どこかぎこちない感じは否めない。

桐谷がクスリと笑うと、彼女が小さく咳払いして言った。

「この時間でラストオーダーになりますので、お代わりには対応できないのですが、それでよろしいですか？」

「はい」

メニューを眺めた桐谷は、「エチオピアで」と注文する。

すると七瀬が目の前で、準備を始めた。電気ケトルでお湯を沸かしながらサーバーとドリッパー、ペーパーをセットし、グラインダーで豆を挽く。

驚いたのは豆を二段階に挽き、メッシュで微粉を取り除いてから混ぜ合わせてペーパーに入れたところだ。作業を続ける彼女に、桐谷は質問した。

「それは、挽き方の違う粉をわざわざ混ぜてるんですか？」

「はい。この豆は最初細挽きで試したのですが、抽出に時間がかかり、渋みが出てしまうのが悩みでした。なので細挽きで豆の持つ良質な甘みと酸味、中挽きでアロマとフレーバーを引き出すように、粒子が違う二種類を混ぜ合わせてるんです。自分の狙った味を出すために試行錯誤を重ねて、このやり方になりました」

沸騰させた湯を九十六度まで冷まし、少しだけ注いで三十秒蒸らすのは、高温で圧をかけてアロマを際立たせるためらしい。

その後、七瀬は緩急をつけながら湯を注いでいき、桐谷は鼻腔《びこう》をくすぐる芳香を愉《たの》しんだ。やがて抽出液をスプーンで攪拌《かくはん》して味を均一にし、温めておいたカップに注いだ彼女が、ソーサーに載せてこちらに提供する。

「お待たせしました。エチオピア・アリーチャです」

カップを持ち上げた桐谷は、それを一口飲む。

すると柔らかな甘みと酸味、そして鼻に抜けるフルーティーな香りがあり、しみじみとした美味しさを感じた。桐谷は微笑んで言った。

「美味しいです」

「ありがとうございます」

七瀬が片づけをするあいだ、コーヒーをゆっくり味わう。

やがて客が次々と帰っていき、桐谷一人になった。入り口に〝closed〟の札を下げて戻ってきた彼女が、桐谷に向かって言う。

「メッセージでは『八時に行きます』って書いていたので、突然桐谷さんが入ってきたときはびっくりしました。わたし、何だかおかしな態度を取ってしまってすみません」

「ミーティングが予定より早く終わって、せっかくなので七瀬さんの淹れるコーヒーが飲みたいと思って来たんです。ご迷惑でしたか？」

「とんでもない。来てくださって、うれしいです」

はにかんだように笑う顔が可愛く、桐谷もついつられて微笑む。

彼女がカウンター内の片づけを終え、「着替えてきますので、待っていてください」と言って二階に上がる。

やがて下りてきた七瀬は、黒い七分袖のカットソーにモスグリーンのアコーディオンプリーツのスカートという、フェミニンな服装だった。上に薄手のトレンチコートを羽織りながら、彼女が問いかけてくる。

「桐谷さん、今日はどこに……」

「店を予約しているので、タクシーで移動しましょう」

駅前に停まる客待ちのタクシーに乗り込んで向かったのは、街の中心部だった。

予約していた割烹《かっぽう》に入ると、数寄屋造《すきやづく》りの店内は落ち着いた雰囲気で、そこそこの客入りだ。カウンターに座った桐谷は、七瀬に向かって言う。

「お任せなので順番に料理が出てきますが、何か食べられないものはありますか？」

「いえ、大丈夫です」

先付は鯛白子《たいしらこ》蒸しの生姜《しょうが》あんかけと焦げ目が香ばしい焼きタケノコ、伊勢海老《いせえび》で、前菜は小鯛の手まり寿司や白ずいきのずんだ和えなど、彩りの美しい料理が並んだ。

吸い物とお造りが出てきたところで、桐谷がビールから日本酒に切り替えると、彼女も「じゃあ、わたしも」と答える。

「七瀬さん、結構飲めるほうなんですね。意外でした」

「結構何でも飲めるんですけど、あまり可愛くなくてすみません」

「どうして謝るんですか？　僕はうれしいですよ、同じものが飲めて」

酒が飲めない女性よりも、一緒に行く店の幅が広がっていい。

七瀬は酔いがあまり顔に出ないタイプだが、それなりに酒は回っているようで、小さく息をついて言った。

「本当は今日桐谷さんに会うとき、どんな顔をしたらいいのか迷っていたんです。昨日の今日で、何だか照れ臭いというか」

まるで初めて交際を始めた中学生のようなことを言われ、桐谷は微笑ましく思う。

だがこれまでそうしたことから遠ざかっていたのだから、彼女の反応は当然なのだろう。そんなふうに思いつつ、口を開いた。

「俺は七瀬さんに会うのが楽しみでしたよ。時間をかけて、ようやくあなたを恋人だと言えるようになったんですから」

すると七瀬が目を見開き、じわりと頬を染めながらつぶやく。

「……桐谷さん、〝俺〟っていうんですね。急に変えるのでびっくりしました」

「まあ、今までは七瀬さんに警戒されないよう、節度を守って接していたので。これからは少しずつ素を出していこうと思うんですが、口調も変えていいですか」

「えっ？　はい」

「よかった。ああ、焼き物が来たから食べよう」

焼き物は鰹《かつお》の酒盗焼《しゅとうや》きとウドの甘酢漬けに枇杷《びわ》の蜜煮《みつに》が添えられ、鱧《はも》の梅肉マヨネーズ和えや鰆《さわら》の東寺蒸《とうじむ》しなどに舌鼓《したつづみ》を打つ。

揚げ物や酢の物と続き、ご飯物は桜鱒《さくらます》の焼きおにぎりにだしを掛けたお茶漬け仕立てで、最後の甘味まで食べるとかなりの量だった。会計を済ませて外に出ると、ふいに七瀬が「あの、桐谷さん」と呼びかけてくる。

「わたしたち、その……おつきあいをすることになったわけですけど」

「ん？」

「いつも一方的に奢られてばかりなのは、フェアじゃないと思うんです。だから割り勘にしてもらえませんか？」

ほんのり酒気に染まった顔でそう言われ、それを見た桐谷は微笑む。

こちらとの距離を測りかね、どこかぎこちなくなっている様子が可愛かった。行き交う人が多い雑踏の中、彼女を見つめて答える。

「女性にお金を出させるのは好きじゃないから、そこは甘えてほしいかな。特に俺は君を、とことん甘やかしたいと思ってるし」

「…………」

「でも気兼ねする気持ちもわかるから、コーヒーを奢ってもらおう。どこかいい店を知ってる？」

　すると七瀬が、パッと目を輝かせて言う。

「知ってます。大通りなのでここからちょっと離れてますけど、アートをコンセプトにしたおしゃれなカフェで、コーヒーも本格的なんです」

「じゃあ、酔い醒ましにそこまで歩こう」

　桐谷が手を繋いで歩き出すと、彼女が動揺したように声を上げた。

「あの、桐谷さん、手……っ」

「つきあってるんだから、手ぐらい繋《つな》ぐよ」

　少しこわばった手から七瀬の緊張が伝わってきたものの、桐谷は構わず歩き続ける。

　やがて到着したカフェはシックで洗練された内装で、若い女性客やカップルでにぎわっていた。ＳＮＳ映えするパフェで有名だというこの店はコーヒーも美味しいらしく、彼女が説明する。

「このお店で出すコーヒーは、市内の有名なカフェ〝Ｒ〟さんで焙煎された豆を使っていて、ネルドリップで淹れてくれます。わたしのお勧めはコクと苦味を愉しめるイタリアンローストですけど、桐谷さんはどうしますか？」

「じゃあ、俺もそれで」

七瀬は併《あわ》せてパフェを注文し、「ふふっ」と笑う。

「桐谷さんと外でコーヒーを飲むの、初めてですね。自分の得意分野で、何だか安心します」

最近はこうして遅い時間までコーヒーやスイーツを愉しめる店が増えているといい、七瀬は友人と会ったときなどに偵察がてら訪れるらしい。

しばらくして運ばれてきたパフェは〝濃厚ショコラと岩塩、甘夏のパフェ〟で、ダークな味わいのショコラソフトクリームとホワイトチョコレートのアイス、甘夏ピールと紅茶の二種類のゼリーを合わせ、キャラメルと岩塩のチュイルを刺したもので、上に乗せたローズマリーの枝が香りにアクセントをつけていた。

コーヒーは深いコクと苦味が酔い醒ましにちょうどよく、好みの味だ。彼女も隣で一口啜《すす》り、ほうっと感嘆の息をついたあと、パフェを口に運んで目を丸くする。

「んっ、美味しい。ショコラと甘夏はもちろん合うんですけど、このチュイルの塩感《サレ》が新鮮です。桐谷さんは、甘いものは？」

「好きだよ。疲れたときに食べたりするし」

「じゃあ、一口いかがですか？」

七瀬はそう言ったあと、すぐに何かに気づいた顔をし、慌てたように言う。

「あ、でも、わたしがスプーンを使っちゃいましたね。待ってください、今新しいものを――」

「いや、これでいいよ」

桐谷は彼女の手をつかみ、そのスプーンを使ってパフェをすくう。

そして自分の口に運び、味わって言った。

「ん、美味い。ショコラアイスの濃厚さがいいね」

「は、はい……」

七瀬が同じスプーンを使い、恥ずかしそうに食べ始める。それを眺めつつ、桐谷はコーヒーを啜って考えた。

(こうして一緒に過ごす時間を積み重ねていけば、七瀬さんはいつか俺を信頼してくれようになるのかな。そうしたら……)

過去の恋愛で傷ついたにもかかわらず、勇気を出して自分を「好き」だと言ってくれた彼女を、大切にしたい。

どれだけ時間がかかっても、いつか本当の恋人同士になれたら――そう桐谷は考える。

(そのためには、信頼関係を構築するのが大前提だよな。俺は彼女を絶対に傷つけな

いということを証明しないと）

今までの恋愛にはない強い庇護欲を伴う感情は、思いのほか心の中で大きなウエイトを占めていて、桐谷は感慨深い気持ちになる。

気がつけばじっと七瀬を見つめていて、彼女が視線を上げて言った。

「桐谷さん、どうかしました？」

問いかけられた桐谷は、ふと我に返る。

そして七瀬を安心させるように笑って答えた。

「――いや、何でもない」

第四章

六月に入ると気温がぐんぐん上がり、夏を思わせる陽気が続いている。

小此木珈琲の敷地内の庭には緑の植栽が生い茂り、ハーブの小花やガウラが揺れ、ロマンチックな雰囲気を醸し出していた。

今日は午後から雑誌の取材が来ていて、ライターの女性がコーヒーとスイーツの写真を撮っている。彼女はカメラを構え、スイーツの皿全体や間近に寄って湯気まで伝わるような写真を、ときにはレフ版なども使ってライティングを工夫しながら撮影していた。

その様子を、七瀬は平川と共に少し離れたところから眺めた。撮影後は店のこだわりや店主としての経歴、お勧めの豆の種類などを聞かれ、やがてインタビューを終えたライターの女性が笑顔で言った。

「本日はありがとうございました。記事が出来上がりましたら、校正と発売日等をメールにて送らせていただきます」

「こちらこそ、ありがとうございました」

彼女が帰っていき、ホッと息をつく。

店内にいる客に「お騒がせしました」と頭を下げてカウンターに戻ると、常連客の尾関が言った。

「すごいねー、取材なんて。今も人気店なのに、またお客さんが増えちゃうんじゃない？」

「最近はわたしと平川さんだけじゃ手が回らなくなってきたので、一人アルバイトを雇おうか悩んでるんです」

「あー、アルバイトは悩むよね。履歴書や面接だけでその人の性格を把握するのは難しいし、雇ってから仕事の覚えが悪かったり、トラブルメーカーなのがわかったりってことがよくあるもん」

セレクトショップの店長である彼女の言葉には重みがあり、アルバイトについてあれこれと話を聞く。やがて尾関が、にんまりして言った。

「そういえば店長、彼氏できたんでしょー？　私、見ちゃったんだ。このあいだ夜に二人が一緒に歩いてるところ」

「えっ、あの……はい」

七瀬が桐谷とつきあい始めて、一ヵ月余りが経過している。

桐谷とのつきあいは、順調だ。互いの仕事が終わったあとに会ったり、休みが上手く合えば一緒に出掛けたりしている。

公認会計士の資格を持ち、コンサルティングファームに務める桐谷は多忙だが、最近はワークライフバランスが見直されているらしく、極端に遅い時間までの残業はない。クライアントの都合で土曜日などに出勤した際は代休を取っていて、七瀬の休みである火曜日に合わせることがあった。

先日はそれを利用してコーヒーのワークショップに二人で参加し、楽しい時間を過ごした。そのあとは彼の自宅にお邪魔したものの、真新しいタワーマンションに住んでいて驚いてしまった。

(拓人さんって、やっぱりすごい人なんだな。わたしと四つしか歳が違わないのに、あんなすごいマンションに住めるくらいに稼いでるんだもん)

桐谷のことを知るにつれ、彼がいかにハイスペックな人物なのかがわかって、七瀬の中には何となく腰が引けるような気持ちがある。

現在三十一歳の彼は若くしてマネージャーのポジションにおり、多くの部下を抱えているというが、コンサル業界は昇進が早いため別に珍しいことではないらしい。

多忙な桐谷だが、七瀬と会っているときの彼は穏やかで疲れは一切見せず、大人の男性らしい余裕があった。

「大切にします」「あなたに信用してもらえるように、頑張りますから」と最初に約束した言葉のとおり、彼は優しい。

七瀬は自分の身体に傷があることを理由に線を引いていて、実際につきあうといってもそれまでの友人関係とさほど変わらないと思っていた。

だがそんな予想を覆して桐谷の態度は甘く、七瀬を〝恋人〟として扱った。手を繋いだり、同じスプーンを使って物を食べたり、別れ際にそっと抱き寄せて「好きだよ」とささやく。

そのくせそれ以上は強引にせず、極力こちらを怖がらせないよう気を使っているのが伝わってきた。彼の落ち着いた声や熱のこもった眼差し、優しい抱擁《ほうよう》は七瀬に安心感を与え、次第に自分が大切にされていることを実感するようになっていた。

（でも拓人さんは、今の状況に満足してるのかな。お互いに大人なのに……身体の関係がないなんて）

つきあい始めて一ヵ月が経つ現在、自分たちはキスひとつしていない。

まったくそういったふうにならないのは、完全にこちら側の都合だ。性行為に対してトラウマがある七瀬は、自分の身体を人に見られることにひどく抵抗がある。

本当は二度と恋愛をするつもりはなかったのに、桐谷の熱意に押しきられ、交際をスタートさせてしまった。実際につきあい始めてみるととても楽しく、会うたびに彼への気持ちが募っていくのを感じている。

だからこそ、桐谷に我慢をさせているのが心苦しい。ならば身を引くべきだとも思うが、次第に密度を増していく恋情がそれにブレーキをかけていた。

(身体の関係に応じられないわたしが拓人さんとつきあうの、本当は迷惑なんじゃないかな。だって他の人を選べば、彼は普通に結婚して子どもも望めるんだし)

自分たちの関係には、ゴールがない。

今は頻繁に顔を合わせ、ほんの少しだけ親密な態度を取っているが、傍《はた》から見ればそれは友人に毛が生えたようなものだ。ならば性行為に応じればいいという考えも頭をよぎるものの、かつて投げつけられた「気持ち悪い」という言葉がよみがえり、心が萎縮してしまう。

(拓人さんが好きだからこそ、身体を見せられない。もしそれであの人に引かれたら、二度と立ち直れない気がする)

そんなふうに悶々《もんもん》としながら仕事をこなし、やがて夜になる。

夕方からひどい頭痛がしていて、今日は桐谷に会っても楽しめないと判断した七瀬は、「今日は体調が悪いので会えません」とメッセージを送った。

そして最後の客を送り出し、片づけをして店の入り口に〝closed〟の札を下げていると、ふいに往来から「七瀬さん」と呼びかけられる。

「……拓人さん」

「メッセージを見て、仕事を切り上げてきた。大丈夫か？ 熱は」

急いで来た様子の桐谷が腕を伸ばし、七瀬の額に触れる。そして思案顔で言った。

「少し熱いな。症状は？」

「頭痛がひどくて……でも、咳《せき》は出ないので風邪ではないと思います。夕方に鎮痛剤を飲みましたし、寝れば治りますから」

彼がわざわざ仕事を切り上げて駆けつけてくれたのだとわかり、七瀬の中に申し訳なさが募る。すると桐谷が提案した。

「タクシーで俺の家に行こう。何か消化のいいものを作るし、そのまま泊まってくれて構わないから」

「そんな、そこまでしてもらわなくていいです。泊まるだなんて」

慌てて答えると、彼が事も無げに言う。

「泊まったからといって、何もしないから大丈夫だ。君を一人にするのは心配だし、俺の家には冷却シートや氷枕もある」

「で、でも、わたしは朝から仕事があって……」

「ちゃんと間に合うように送るよ。どうせ俺の職場もここから目と鼻の先だから、好都合だ」

畳みかけるように言われ、七瀬は何と答えていいか迷う。

しばし躊躇《ためら》ったあと、桐谷に向かって告げた。

「じゃあ――拓人さんの家じゃなく、わたしの家に来ませんか？　わざわざ移動するのも何ですし」

「いいのか？」

「はい」

彼を自宅に入れるのは、初めてだ。今まではそこまでプライベートな部分に踏み込ませる勇気がなく、やんわりと回避していた。だがここまで心配されると、自分の些細なこだわりが申し訳なくなる。

桐谷が「じゃあ」と言った。

「そこのコンビニで、冷却シートや飲み物を買ってくる。自宅のほうのインターホンを鳴らせばいいかな」

「はい」

彼が去っていき、七瀬は入り口横に置いてある黒板を店内にしまう。

そして店を閉めてセキュリティーをかけたあと、自宅の玄関の鍵を開けた。

(何だか大事《おおごと》になっちゃった。わたしを心配だからって言うけど、拓人さん、うちに泊まるってことだよね。……どうしよう)

玄関に入った瞬間、先ほどの会話が脳裏によみがえり、頬が熱くなる。

桐谷が「何もしない」と言うのだから、きっと言葉どおりこちらには手を出してこないつもりなのだろう。そもそもそういったことに応える気がないのだから、気にするだけ時間の無駄だ。

(でも……)

悶々と考えているうちにインターホンが鳴り、飛び上がるほど驚く。

背後のドアを開けると、そこには買い物袋を手にした桐谷が立っていて、目を丸くして言った。

「わざわざここで待ってたのか？」

「あの、……はい」

「顔が赤いな。熱が上がってきたんじゃないか」

頬に触れられ、心拍数が上がる。気恥ずかしさを誤魔化すように、七瀬は伏し目がちに言った。

「大丈夫です。どうぞ」

階段を上がったフロアは、広めのリビングと寝室、キッチンや水回りという間取りになっている。

床はすべてダークなトーンのフローリングに張り替え、ヴィンテージ風の家具や観葉植物、キリムのラグなど、好きなテイストでまとめていた。それを見た彼が、感心したようにつぶやく。

「センスがいいんだな。七瀬さんらしい」

桐谷が手にした袋を開いて言った。

「もし台所を貸してもらえるなら、味噌《みそ》味《あじ》の雑炊を作ろうと思って材料を買ってきたんだけど、いいかな」

「えっ、拓人さんがお料理をするんですか？」

「うん」

意外な展開に驚きつつ、七瀬は彼をキッチンに案内し、調理器具を出す。

額に冷却シートを貼られ、「座っていてくれ」と言われて、ソファに腰を下ろした。

自分の家のキッチンに桐谷がいる光景に落ち着かない気持ちになりながら、七瀬はスーツのジャケットを脱いでワイシャツの袖を腕まくりした彼に向かって言う。

「拓人さん、仕事が忙しいイメージがあったので、料理をする人だって聞いてびっくりしました」

「俺の家は、母子家庭だったんだ。中学のときに両親が離婚して、母親が働きに出てたから、妹と手分けして家事をしていた。だから掃除洗濯も料理も、全部こなせる」

「……そうだったんですか」

これから作ろうとしている雑炊は、妹が熱を出したときによく食べさせていたものらしい。

やがて出てきたものは、パックのご飯を電子レンジで温め、顆粒だしと味噌で煮たあとに溶き卵を回し入れて、おろし生姜と葱《ねぎ》を載せたシンプルなものだった。食欲をそそる香りが漂い、七瀬はにわかに空腹をおぼえる。

桐谷はカットフルーツを混ぜたヨーグルトまでつけてくれていて、七瀬は目を輝かせて言った。

「美味しそう。いただきます」

湯気を覚まして口に入れた瞬間、だしの香りと生姜の風味が広がり、何ともいえず美味しい。七瀬は笑顔で彼を見た。

「すごく美味しいです。味噌味の雑炊って自分では作ったことがなかったんですけど、身体があったまりますね」

「そうか。口に合ってよかった」

夕食がまだだという桐谷は自身も雑炊を食べようとしていたが、それでは足りないだろうと考えた七瀬は、冷蔵庫にある常備菜を出した。

いかとズッキーニのマリネ、ゆで卵入りのポテトサラダ、もやしとほうれんそうのナムルなどを並べると、彼が笑って言った。

「美味そうだ」

「残り物で、すみません」

「そんなことない。一気に豪華になったよ」

図らずも自宅で手作りの料理を囲むことになり、七瀬は「こんなのもいいな」と考える。

食後に後片づけをしようとすると、桐谷が呆れたように「駄目だよ」と言った。

「一体何のために俺がこの家に来たと思ってるんだ。君は座って安静にしてること。OK?」

「でも、せめてコーヒーくらい……」

「いいから。ソファで熱を測っててくれ」

言われるがままにソファに座り、体温計で熱を測りながら、七瀬は甘やかされている状況に面映ゆさをおぼえていた。

こうして優しくされるのは、悪い気分ではない。だがこのあとのことを考えると、落ち着かない気持ちになる。

(拓人さん、本当に泊まるつもりなのかな。確かに頭痛はひどいけど、寝てれば治るのに)

やがて洗い物を終えた彼が、食器を拭き終えてリビングに戻ってくる。そしてふと気づいた顔で問いかけてきた。

「あそこにあるのって、ひょっとして仏壇?」

「あ……はい。わたしの両親のものです」

「ご両親?」

七瀬は頷き、説明した。

「わたしが小学生のとき、二人いっぺんに事故で亡くなったんです。一人っ子なので、専門学校を出て一人暮らしをするときに叔母のところから位牌を引き取りました」

「……そうだったのか」

桐谷が同情の色を浮かべ、「手を合わせていいかな」と申し出てくる。七瀬は微笑んで頷いた。

「はい。ぜひ」

仏壇の前に正座した彼がロウソクに火を点け、線香を供える。

手を合わせて瞑目《めいもく》するのをソファから見つめ、七瀬は複雑な心境になった。

(お父さんとお母さん、拓人さんを見て喜んでくれてるかな。残念ながら、いつかは別れなきゃいけない人だけど……)

そう思った瞬間、七瀬の胸にズキリと痛みが走る。

会う時間が増えるにつれ、桐谷への想いは募る一方だ。この先も一緒にいたいという気持ちがこみ上げるものの、現状の〝友人〟に毛が生えたような状態で彼を縛り続けるのは、あまりにも自分勝手すぎる。

(だったらどうするの？　この人を諦める……？)

しばし瞑目していた桐谷が合掌を解き、手のひらでロウソクの火を消した。

そして立ち上がってソファまで来ると、七瀬の額に触れて言う。

「熱、何度だった？」

「三十七度四分です」

「微妙だな。夕方四時に鎮痛剤を飲んだのなら、深夜零時にならないと次のを飲めないってことか。悪化しなきゃいいが」

心配そうに言う彼の顔を見つめ、七瀬は問いかけた。

「拓人さんは……どうしてここまで優しくしてくれるんですか?」

「君の恋人だからだよ。もし一人で苦しんでいたらと思うと、心配でたまらない。だから泊まって様子を見たいんだ」

桐谷が微笑んで言葉を続けた。

「俺はこのソファで寝るから、深夜に熱が上がったら遠慮なく起こしてくれ。体調が悪いときは、誰かが近くにいると思うだけで安心するだろう」

それを聞いた七瀬の胸が、ぎゅっと強く締めつけられる。

こんなふうに優しくしてくれた異性は初めてで、好きな気持ちが溢れて止まらない。だが同じくらいに強い不安もあって、七瀬は腕を伸ばして目の前に立つ彼の手に触れた。

「……七瀬さん?」

「ずっと、拓人さんに聞きたいことがあったんです。わたしたちが暫定的な〝恋人〟

になって一ヵ月ちょっとが経ちますけど、拓人さんは今の関係についてどう思ってますか？」

するとと桐谷は、こちらの目を真っすぐに見つめて答えた。

「俺は毎日が楽しいよ。君と会って話したり、食事をしたり、一緒に出掛けたりすることで心が満たされてる。ともすれば仕事ばかりになってしまう毎日の中で、潤いになってるんだ。今日は七瀬さんの体調が悪いけど、こうして世話を焼くことができるのも恋人だからこそだし、つきあっててよかった」

「でもわたしたちの関係って、傍から見れば親しい友人と変わらないですよね。〝恋人〟だというのなら、拓人さんはそれ以上のことをしたいって思いませんか？　例えばキスとか、……その先も」

勇気を振り絞ってそう問いかけると、彼がふと真顔になる。そして明瞭な声で答えた。

「――したいよ」

「……っ」

「七瀬さんを好きだからこそ、触れたい。キスもその先も、四六時中ではないけど考えはする。俺も男だから」

あまりにも正直に答えられ、七瀬の顔が赤らんでいく。

いつも涼やかな顔の桐谷が自分を前にそんなことを考えていたのだと思うと、いたたまれない気持ちになった。彼が「でも」と言葉を続ける。

「最初に約束したとおり、無理強いする気はない。君の元彼の言葉はあまりにもひどいもので、トラウマになって当然だ。そんな経験がある七瀬さんが恋愛に臆病になるのは当たり前だし、すぐに拭い去れることではないのは、充分に理解してる」

桐谷はチラリと笑い、おもむろに七瀬の隣に腰掛けてくる。

そしてこちらの右手を取ると、自分の手の中にぎゅっと握り込んで言った。

「そうやって聞いてくるってことは、君は俺に対して引け目を感じてるのかな。俺としてはこうして会うのも楽しいし、今まで知らなかった一面を発見するたびに、好きな気持ちの密度が増しているのを感じる。でも、七瀬さんの中のトラウマが癒えないかぎりは何も強要する気はないよ。俺の望みは君に信用されることで、そうなるためにとことん甘やかしたいと思ってるから」

握られた手から彼のぬくもりが伝わってきて、七瀬の心がじんと震える。

桐谷がこれほどまでに自分を想ってくれていることがうれしく、涙が出そうになった。今までは「いつか別れるのだから」と己の気持ちにブレーキをかけていたが、それが揺らぎつつある。

(信じてもいいのかな。拓人さんが、本当にわたしを傷つけない人だって)

七瀬はしばし躊躇ったあと、うつむいて小さく言った。

「わたしも……拓人さんが好きです。年上らしい頼りがいがありますし、わたしの体調を心配して仕事を切り上げて来てくれたり、雑炊を作ってくれたり、大事にされているのが伝わってきて……胸がいっぱいになりました」

「……………」

「本当は会うたびに、『いつか別れなきゃいけない人なんだから』って自分に言い聞かせていたんです。身体の関係に応じられないわたしは、ずっとあなたと一緒にいられない。拓人さんはいつか他の人を見つけて、その人と幸せになるべきだって」

「七瀬さん、それは――」

彼が言葉を挟もうとしたものの、七瀬はそれを遮って続けた。

「でも、日が経つごとに好きな気持ちがどんどん溢れてきて……自分でもどうしたらいいかわからなくなるんです。わたしはあなたとずっと一緒にいるのは無理なのに、欲張る気持ちばかりがこみ上げて、それで……」

「――ずっと一緒にいるよ」

桐谷がぐっと力を込めて七瀬の手を握りながら、語気を強めて言った。

「そういう気持ちで、君とつきあってる。俺のことを好きだと思ってくれるのはうれしいし、どんどん欲張ってくれていい。だって俺たちは〝恋人同士〟なんだから、気持ちをセーブする必要はないだろう？　それに先のことがわからないのは、他のカップルだって同じだよ。つきあってすぐでも、何年にも亘って一緒にいても、別れるときは別れる」

確かにそのとおりかもしれないが、性行為ができないというのがネックだ。

このままつきあい続けても、七瀬は一体いつ彼の気持ちが変わるのかと怯え続けなければならない。

ならばいっそ、今この場で確かめるべきではないか――そんな衝動にかられた七瀬は、ソファから立ち上がる。そして桐谷に向き直り、彼を見下ろして言った。

「じゃあ、実際に見てください。わたしの身体に残る傷痕が、どれほどひどいか」

「えっ」

シャツの裾に手を掛けた七瀬は、それを上までまくり上げて自分の上半身を晒《さら》す。

ブラまで見えてしまっていたが、もう構わなかった。赤紫のケロイド状の傷痕が胸や腹部に広がっているのを見た桐谷が、目を見開く。

「これは――……」

七瀬はぐっと唇を引き結んだ。

先ほどは「ずっと一緒にいる」と言ってくれた彼だが、こうして傷を目の当たりにしたら認識が変わったに違いない。自分でも気持ち悪いと思うのだから、他人ならなおさらだ。

こんな傷痕がある自分を、桐谷は女性として見ることはできないだろう。そんなふうに考えていると、彼が手を伸ばして腹部に触れてきて、ビクッと身体が震えた。

「これは、交通事故で？」

問いかけられた七瀬は、頷いて答える。

「そうです。対向車線を走っていた居眠り運転のトラックに突っ込まれて、わたしが乗っていた車は大破して炎上しました。重度の内臓損傷と広範囲の火傷を負って、何度か手術をしましたけど……治りきらず、こんなふうに」

傷は上半身だけではなく、太ももにもある。

それを聞いた桐谷が指で腹部をなぞり、痛ましそうな表情を浮かべた。

「これほどの傷を負っても命を取り留めてくれて、本当によかった。しかも俺に見せるのは、つらかっただろうに……。こんなことをさせて、申し訳ない」

彼がそっとシャツを元どおりに直してくれ、その手つきに気遣いを感じた七瀬は顔を歪める。

こうしていたわられる自分が、ひどく惨めだった。ぐっと拳を握り、こみ上げる衝動のまま、震える声でつぶやく。

「『気持ち悪い』って思ってるなら……はっきりそう言えばいいじゃないですか。自分でもわかってるんです、この傷痕がひどく醜いものだって。だからもう、今日限りで会うのはやめにしませんか？　わたしたちの関係は、これ以上進展のしようがないんですから」

「気持ち悪いとは思わないよ。事故当時の君がどれだけの苦痛を受けたのかと想像して、痛々しく感じてるだけだ。それに、今日限りで会うのをやめるというのも承服しかねる。俺の七瀬さんへの気持ちは、まったく変わってないから」

七瀬は驚き、桐谷の顔をまじまじと見つめる。そして信じられない思いでつぶやいた。

「……本当に？」

「ああ」

「無理しなくていいです。たとえ前言を覆すことになっても、傷痕を見たあとなら当然ですから」

七瀬の言葉を聞いた彼は、こちらと目を合わせてはっきり答える。

「無理はしてない。俺は七瀬さんを、一人の女性として好きだ。たとえ身体に傷痕があっても、君の価値は何も変わらないと思ってる」

真っすぐな眼差しと真摯な言葉に、心臓をつかまれたような感覚をおぼえる。

桐谷が七瀬の両手を引き寄せ、自分の手の中に包み込んで言った。

「君はずっと、不安だったんだな。会うたびに『いつか別れなきゃいけない人だ』って自分に言い聞かせていたなんて、全然気がつかなかった。俺がもっと言葉を尽くして想いを伝えていれば、きっとそんなふうには考えなかったのに」

「拓人さんは……悪くありません。わたし自身の、劣等感の問題ですから」

「七瀬さんは『傷痕があるから、男女づきあいはできない』って自分に言い聞かせているようだけど、俺はそうは思わないよ。君のことが好きだから触れたいし、キスもそれ以上もしたい」

言われた言葉の意味を理解し、七瀬の頬がみるみる熱くなっていく。話の成り行きに動揺しながら、しどろもどろに答えた。

「あの、駄目ではないですけど、でも……」

「じゃあ、いい？」

「は、はい。あ……っ！」

ふいに強く両手を引かれ、よろめいた七瀬は彼の上に倒れ込む。

受け止めた桐谷が強く抱きしめてきて、鼓動が大きく跳ねた。ワイシャツ越しに彼の硬い身体を感じ、一気に顔が赤らむ。桐谷が耳元でささやいた。

「つきあい始めてからずっと、こうして強く抱きしめたくて仕方なかった。でも君を怖がらせたくない一心で、やんわりハグするくらいしかできなかったんだ」

「…………」

「キスしていいか？」

ドキドキしながら頷くと、彼が触れるだけのキスをしてくる。

思いのほか柔らかい感触に胸が高鳴り、そっと目を開けると間近で視線が合った。

そのまま桐谷が口づけてきて、彼の舌先が合わせをなぞる。ほんの少し空けた隙間から彼の舌が入り込んできて、緩やかに絡められた。

「……っ、ぁ……っ」

ぬめる感触が淫靡《いんび》で、じわりと体温が上がる。

元彼の広田とは何度もキスをしたが、それも八年前のことだ。桐谷の口づけは甘く、こちらの反応を見ながら徐々に濃厚なものに変えてきて、息が乱れる。

どれだけの時間貪られていたのか、ようやく唇を離されたとき、七瀬は身体の力が抜けていた。それを見た彼が、唇を親指で拭ってくれながらクスリと笑って言う。

「手加減せずにしてしまって、悪かった。平気か？」

「……っ、はい……」

「駄目だな、自制心がなくて。これまでさんざん我慢していたから、箍《たが》が外れたようだ」

それを聞いた七瀬の中に、申し訳なさが募る。

これほどまでに求められているのだと思うと、胸がいっぱいになった。一生恋愛は無理だと考えていたのに、桐谷はこんな自分でも好きだという。

彼がこちらの髪を撫《な》でて謝ってきた。

「具合が悪いんだから、もう休まないとな。もし風呂掃除とかが必要なら、俺が代わりにやるから言ってくれ」

「いえ。……あの、拓人さんはこの先のこともしたいですか？」

七瀬の突然の問いかけに桐谷が眉を上げ、すぐに苦笑して答える。

「したくないわけじゃないけど、君は頭痛がひどいんだろう。別に今日じゃなくて構わないよ」

「確かに頭痛はありますけど、耐えられないほどじゃありません。だから、その……しませんか？　これから」

自分から行為をねだるような発言をしてしまい、七瀬の顔が真っ赤になる。

恥ずかしいが、もし彼がしたいのならそれに応えたい。こんな身体でも望んでくれるなら、触れられてもまったく構わなかった。

だがすぐに劣等感が頭をもたげ、「人に見せられるような身体ではないのに、自分は一体何を言っているのだろう」と考える。すると猛烈な後悔がこみ上げてきて、七瀬は急いで発言を撤回した。

「で、でも、女性のほうからこんなことを言うの、さすがに引きますよね。ごめんなさい、今の言葉は忘れてください」

いたたまれない気持ちが募り、立ち上がった七瀬は、バスルームに逃げようとする。

しかしその瞬間、桐谷が手首をつかんで言った。

「引いたりしないよ。七瀬さんのほうからそう言ってくれて、うれしい」

「……でも……」

「君さえよければ、俺は今すぐに抱きたい。本当に具合は大丈夫か？」

動揺と羞恥が入り混じった思いで頷くと、彼の目が優しくなる。

ソファから立ち上がった桐谷が七瀬の身体を抱き寄せ、髪に口づける。その瞬間、彼の匂いが鼻先にふわりと香り、桐谷が熱を孕んだ声でささやいた。

「――じゃあ、場所を変えよう」


「あ……っ」

薄暗い寝室に、切れ切れの喘《あえ》ぎ声《ごえ》が響く。

ベッドに押し倒されてからの七瀬は身体を硬くしていたものの、桐谷は未経験であるこちらを気遣い、時間をかけて丁寧に触れてきた。

手と唇で肌に触れられると息が乱れ、七瀬はぎゅっときつく目を閉じる。彼は傷痕を物ともせずにどこもかしこも唇でなぞり、すべてを見られていると思うと恥ずかしくて仕方がなかった。

やがてワイシャツを脱いだ桐谷の身体はしなやかな印象で、無駄なところがなく引き締まっている。その身体の重みを感じた七瀬は、熱っぽい自分の身体より幾分低い体温に触れ、胸がいっぱいになった。

やがて充分に慣らしたあとに彼が体内に押し入ってきて、七瀬は顔を歪めて呻き声を上げる。硬く漲《みなぎ》る桐谷自身は想像以上の質量で、身を裂かれるような痛みをおぼえた。

するとと彼が途中で動きを止め、心配そうに問いかけてくる。

「痛いか？　どうしてもつらいならやめるが……」

「大丈夫……です。だからやめないで」

どうしても桐谷と繋がりたい七瀬は、彼にしがみつく。

すると桐谷が少しずつ腰を進めてきて、すべてを受け入れたときは圧迫感でいっぱいだった。浅く呼吸をしながら、七瀬は涙のにじんだ目で彼を見つめてささやく。

「……っ、好きです、拓人さん……」

「ああ、俺もだ」

頭を抱え込んで髪にキスをされ、愛情のこもったしぐさに胸が疼く。

それから七瀬は、桐谷のもたらす律動に翻弄された。初めてで快感を得るまでには至らないものの、ときおり彼が漏らす熱っぽい吐息に煽《あお》られ、中を締めつける動きが止まらない。

しがみつくとそれ以上の力で抱き返され、胸の奥がじんと震える。どちらからともなく唇を寄せて口づけながら、七瀬は桐谷の腕の中で忘我の時を味わった。

やがて彼が果てたとき、身体は泥のように疲れきっていた。ぐったりと脱力する七瀬を抱き寄せ、シングルサイズのベッドに横たわりながら、桐谷がささやく。

「無理をさせてしまって、ごめん。具合は？」

「まだ頭痛は少し残ってますけど、大丈夫です。何だか吹き飛んでしまったみたいで」

それを聞いた彼が微笑み、七瀬の目元にキスをして言う。

「だったらよかった。具合が悪い君を抱くなんて、我ながら堪《こら》え性《しょう》がないな。がっつきすぎて、情けなくなる」

「そんなことないです。わたしが……拓人さんと、したかったから」

桐谷が自分の傷痕を物ともせず、最後まで抱いてくれてうれしかった。

今も彼が挿入《はい》っているようなひりついた痛みは残っているものの、心は甘い気持ちで満たされている。

こんなふうに誰かと抱き合えるとは思っていなかった。自分は一生独り身なのだと考えていただけに、降って湧いたような幸せに心が浮き立っている。

桐谷がふいに言った。

「さっきご両親がいっぺんに亡くなったと言っていたけど、もしかして身体の傷はそのときについたものなのか？」

「はい。わたしが九歳のとき、家族三人で動物園に行った帰りに事故に遭いました。居眠り運転のトラックに突っ込まれて、前の座席の両親は即死だったんですけど、わたしは後部座席にいたために、どうにか命を取り留めることができたんです」

「……そうだったのか」

彼が声に痛ましさをにじませ、七瀬は何ともいえない気持ちになる。桐谷の胸に顔を埋《うず》めながら、「でも」と言葉を続けた。

「両親を亡くしたわたしを、母方の叔母夫婦が引き取って養女にしてくれました。二人の間には子どもがおらず、わたしを本当の娘のように可愛がってくれたので、とても恵まれていたんです」

「養女ってことは、苗字が変わったのか？」

桐谷の問いかけに、七瀬は頷いて答えた。

「はい。小此木は叔母夫婦の苗字で、元々の名前は谷川《せがわ》というんです。タニカワと書いて、セガワ」

「せがわ……」

彼が髪を撫でていた手をふいに止め、七瀬は不思議に思って問いかける。

「拓人さん、どうかしました？」

頭を上げて桐谷の様子を窺うと、彼はひどく動揺しているようだった。

自分の話のどこかに引っかかるところがあるのかと思い、会話の内容を反芻《はんすう》してみたものの、何も思い当たることはない。

七瀬がもう一度「拓人さん」と呼びかけると、桐谷がふと我に返る。そして表情を取り繕い、笑って言った。

「ああ、ごめん、ぼーっとして。昨日、資料の読み込みで夜更かしをしたから、急に眠気がきたみたいだ」

「えっ、じゃあもう寝たほうがいいです。それとも自宅に帰りますか？　やっぱり自分のベッドで眠ったほうが、疲れが取れるんじゃ」

幸い頭痛はだいぶ和らいだため、彼がわざわざ泊まる必要はない。

七瀬がそう言うと、桐谷は「いや」と言い、抱き寄せる腕に力を込めた。

「せっかく君を抱けたんだから、今夜はこうしてくっついて寝たい。駄目かな」

「だ、駄目じゃないですけど……」

シングルベッドのため、二人で寝るのは少々窮屈だが、こうして密着していると安心する。しかし明日の彼の着替えが気になると言うと、桐谷が事も無げに答えた。

「仕事に行く前に、一旦自宅に着替えに戻るよ」

「じゃあ、六時起きで構いませんか?」

「うん」と頷いた彼が七瀬の額に優しくキスをし、身体を腕の中に深く抱き込む。そして頭の上でささやいた。

「もう寝よう。おやすみ」

「……おやすみなさい」

＊＊＊

腕の中の七瀬が、穏やかな寝息を立て始める。

華奢《きゃしゃ》な身体つきや柔らかな髪の感触が、いとおしかった。先ほど初めて彼女を抱き、桐谷は自分の中の愛情がより増したのを感じる。

(七瀬さんがいきなり身体の傷を見せてきたときは、驚いた。……あんなにひどいものだったなんて)

七瀬の身体には、腹部を中心に広範囲に亘って赤紫のまだらな傷痕があった。

皮膚を縫合した痕が隆起し、皮膚の表面がざらついてケロイド状になっている様子は凄惨《せいさん》で、胸の辺りにまで広がっていた。

それを見た瞬間、桐谷は痛々しさをおぼえたものの、「気持ち悪い」とは思わなかった。むしろこれだけひどい怪我を負いながら命を取り留めたのを幸いだと感じ、傷痕を見せることで自分との別れを覚悟していた彼女への強い庇護欲が湧いた。

成り行きで事に及んだが、実際に七瀬の身体を目の当たりにしても桐谷の気持ちは微塵も揺るがなかった。こらえきれずに漏らす甘い吐息や嬌声が欲情を煽り、思いのほか夢中になったひとときだった。

（でも……）

問題は、そのあとだ。

事が済んだあと、かねてから気になっていた両親の死について質問したところ、七瀬は「両親は自分が九歳の頃、居眠り運転のトラックに突っ込まれる事故で亡くなった」と語った。

その後母方の叔母の養女になり、苗字が〝小此木〟に変わったのだと彼女は説明したが、旧姓を聞いた瞬間、桐谷の心臓が嫌なふうに跳ねた。

（彼女は旧姓を、〝谷川〟だと言った。タニガワと書いてセガワと読むのだと）

その苗字には、聞き覚えがある。

七瀬は現在二十七歳のため、事故当時に九歳だったとすると、今から十八年前だ。乗用車が居眠り運転をしていた対向車線のトラックに突っ込まれ、夫婦が即死。後部座席にいた九歳の娘は重傷——その話には心当たりがあり、桐谷はじっと眉を寄せた。

(まさか、彼女があのときの被害者なのか？　……俺の父親が起こした事故の)

両親は桐谷が十三歳のときに離婚したが、その原因は父親が起こした交通事故のせいだ。

長距離トラックの運転手をしていた父は、運転中に居眠りをしてしまい、対向車線を走る乗用車に突っ込んだ。運転していた男性と助手席の妻は即死、後部座席にいた九歳の娘は奇跡的に命は取り留めたものの、大怪我を負ったという。

その事故で父が死なせてしまった夫婦の名前が〝谷川〟で、珍しい読み方であるためによく覚えていた。七瀬がさっき話していた内容は、その事故とまったく同じだ。

桐谷は重苦しいものが心を満たすのを感じた。

(まさか……こんな偶然があるんだろうか。七瀬さんの両親を殺したのが、俺の父親だなんて)

今すぐ事故の詳細を確かめたいが、彼女を放り出して帰るわけにはいかない。

まんじりともしないまま夜が明け、眠りがひどく浅かったために鈍い頭痛がしていた。七瀬が六時に目を覚まし、同じベッドにいた桐谷を見てパッと顔を赤らめる。

「お、おはようございます……」

「おはよう」

「拓人さん、もう起きてたんですか？　早いですね」

恥ずかしそうな彼女の顔を見るといとおしさが募り、桐谷は微笑んで問いかける。

「身体は平気か？　昨日は無理をさせたし、そもそも具合が悪かったのに」

「だ、大丈夫です。頭痛もすっかりよくなりました」

七瀬がおざなりに衣服を身に着け、バスルームに消えていく。

彼女が上がったあと、桐谷もシャワーを借りた。ドライヤーで髪を乾かしながら今日の仕事の段取りを考えていると、ふいに七瀬が洗面所に顔を出して言う。

「拓人さん、朝ご飯食べていきませんか？　もうできるんですけど」

「いいのか？」

「はい」

リビングに行くと、コーヒーのいい香りが漂っていた。

彼女が用意してくれたのは、キャロットラペとサラダチキンをトーストで挟んだサンドイッチ、野菜サラダ、それにバナナとグラノーラが載ったヨーグルトとコーヒーで、桐谷は目を瞠った。

「すごいな、まるでカフェだ」

「常備菜を使ってるので、全然手間はかかっていません。コーヒーはわたしが焙煎したもので、コスタリカとマンデリンのブレンドです。いつか自家焙煎の豆を売りたくて、試作のものなんですけど」

一口飲んでみると、ダークチョコレートのような深いコクとキャラメルに似た風味があり、長い余韻がある。桐谷は微笑んで言った。

「美味いよ。バリスタに朝からコーヒーを淹れてもらえるなんて、すごく贅沢《ぜいたく》だ」

「これくらい、いくらだってしますから、遠慮なく言ってください」

笑う七瀬は化粧っ気がないが、肌のきれいさがよくわかり、いつもより若く見えて可愛い。

二人で朝食を囲んだあと、桐谷は一旦自宅に戻るべく午前七時半に帰り支度をした。

玄関先で靴を履き、彼女を振り返って言う。

「朝ご飯、ご馳走さま。お邪魔しました」

「こちらこそ、来てくれてうれしかったです」

改めて七瀬の顔を見ると心が疼き、桐谷は彼女の腕を強く引く。

「あ……っ」

抱きしめると七瀬の身体の細さと柔らかさがよくわかり、思わず腕に力を込めた。

昨夜から心を占めている疑惑とそれに付随する罪悪感、彼女への想いがない交ぜになり、気持ちが乱れて仕方がない。すると七瀬が、戸惑ったようにつぶやく。

「拓人さん？」

「…………」

無言で腕の力を緩めた桐谷は、彼女の唇に触れるだけのキスをする。

そしてじんわりと頬を染める様子をいとおしく思いながら、ささやいた。

「離れがたいけど、もう行かないと。――じゃあ」

「はい。……気をつけて」

第五章

コーヒーを抽出するためのレシピは日頃から試行錯誤を重ね、少しずつやり方を変えている。

焙煎の度合いや挽き具合、湯の温度、蒸らし時間や注湯速度でコーヒーの味が変化するため、柑橘類やベリーのような甘酸っぱさ、ナッツやチョコレートのようなコク、ジャスミンやバラのようなフローラルさなどの特性を引き出していくのがバリスタの仕事だ。

浅煎りは持ち味の酸味を引き立てるために低めの湯温で太めに注湯し、酸味がきつくなりすぎないように調整する。深煎りは逆に高めの温度で細く注ぎ、蒸らし後の一湯目で濃い旨味を引き出して二湯目で一定の量を抽出、三湯目で仕上がりの量を調節していた。

午前十一時に店がオープンすると、徐々に客がやって来る。

「いらっしゃいませ」

「ブレンドください」

「はい。少々お待ちください」

カウンターの中で作業をしながら、七瀬は昨夜のことを思い出す。

昨日、桐谷と初めて抱き合った。ここ最近の七瀬は彼への想いが募る一方、「いつかは別れなければならない」という考えで雁字搦《がんじがら》めになり、袋小路に迷い込んでいた。

話の流れで桐谷がキスやそれ以上をしたいと考えているのを知り、七瀬は衝動的に自分の身体の傷を彼に見せてしまった。桐谷とのつきあいを続けていけば、いずれ身体の関係がないことがネックになる。遅かれ早かれ別れが訪れるなら、深入りしていない今のうちに身を引いたほうがいい――そんな思いにかられてのことだったが、彼の反応は意外なものだった。

「たとえ身体に傷痕があっても、君の価値は何も変わらない」「俺がもっと言葉を尽くして想いを伝えていれば、きっとそんなふうには考えなかったのに」――桐谷がそう言ってくれたとき、七瀬は涙が出そうになった。

かつて元彼の広田につけられた心の傷は深く、七瀬に強い劣等感を植えつけていた。きっと誰もが自分の傷痕を醜いと思い、目をそらすに違いない。そんな考えで凝り固まっていたのに、桐谷はありのままの七瀬を受け入れてくれた。

その後抱き合ったが、彼の触れ方は丁寧で情熱的だった。初めてである七瀬を気遣い、時間をかけて慣らしたあとで押し入ってきたが、やはり苦痛があって快感を得るまでにはいかなかった。

だがそれを凌駕《りょうが》するほどの桐谷への想いで胸がいっぱいになり、一晩経った今は甘い余韻だけが残っている。

(わたしが誰かと抱き合えたなんて、まだ信じられない。しかも朝まで一緒にいたなんて)

朝起きて同じベッドに彼がいるのに気づいたとき、ドキリと心臓が跳ねた。

わずかに乱れた髪や裸の上半身が目のやり場に困るほど色っぽく、そそくさとバスルームに逃げたが、その後一緒に朝食を取れてうれしかった。

今頃桐谷は、会社で仕事をしているだろうか。気がつけば彼のことばかり考えていて、七瀬は気持ちを引き締める。

(仕事中なんだから、集中しないと。考えるのはあとにしよう)

店の客層は幅広く、サラリーマンや主婦、若い女性のグループなど、万遍なく訪れる。

順番にオーダーをこなし、七瀬が休憩に入ったのは午後一時半だった。スマートフォンを確認したところ、桐谷からのメッセージはきていない。

（拓人さん、忙しいのかな。いつもならお昼休みに夜の予定を聞くメッセージを送ってくるのに）

だが、多忙な彼のことだ。突発的にミーティングなどが入ってしまったのかもしれないと想像し、七瀬はスマートフォンを閉じる。

しかし夜になってもまったく音沙汰はなく、午後八時の閉店時間が近づいてきた。

時計ばかりを気にしていた七瀬の中に、じわじわと不安が募ってくる。

（つきあい始めてから、拓人さんは日中に必ず一度はメッセージをくれていた。それなのに今日は何もないのは、単に忙しいせい……？）

もし特別な理由があるとすれば、それは昨日のことではないだろうか。

昨夜自分たちは、初めて抱き合った。身体にひどい傷痕がある自分を見ても眉をひそめず、ありのままを受け入れてくれたのだと思っていたが、もしそれが思い違いだったとしたらどうだろう。

（拓人さんは……面と向かっては、わたしを拒否できなかったのかもしれない。さんざん聞こえのいいことを言ってしまった手前、かなり無理をしてわたしを抱いたんじゃ）

嫌な想像ばかりが脳内を駆け巡り、七瀬はぐっと唇を引き結ぶ。

気になるなら自分から連絡すればいいのに、それができない。万が一こちらのアカウントがブロックされていたり、冷たい態度を取られたりしたら、二度と立ち直れない気がした。

そのとき手元のスマートフォンのディスプレイがパッと明るくなり、メッセージがきたのがわかった。確認してみると送信者は桐谷で、「連絡できなくてごめん」「ちょっと忙しいので、明日また連絡します　おやすみ」と書かれている。

七瀬はその言葉の内容を考えた。

（忙しいから連絡できなかったっていうのは、拓人さんの仕事を考えると充分ありえる。昨夜はわたしの体調を気遣って仕事を切り上げて来てくれたから、その分やることが溜まっていたのかもしれないし）

本当は会いたい気持ちが強くあるが、仕事の邪魔をするのは論外だ。

明日また連絡すると言っている以上、それを待つしかないだろう。とりあえず連絡をくれただけでもよしとしなければ——そう考え、七瀬は気持ちを切り替える。

（拓人さんが仕事を頑張ってるんだから、わたしも自分のするべきことをしよう。今日届いた豆の試飲《カッピング》をしておこうかな）

店を閉めた七瀬は、新しく届いた豆をカッピングし、淹れ方を吟味する。

翌日は土曜日で、小此木珈琲は通常営業だった。朝から忙しく働いていると、昼頃に桐谷からメッセージが届いており、「今夜閉店間際に、そっちに行くよ」と書かれていて、七瀬はみるみる気持ちが明るくなるのを感じた。

(やっぱりわたしが考えすぎてただけなんだ。拓人さんはただ忙しかっただけなのに、あれこれ気を揉《も》んだりして、馬鹿みたい)

機嫌がいいのは表情に出ていたらしく、平川が冷やかす口調で言う。

「何かいいことありました？　昨日は何だか暗い顔してたのに、今日はニコニコじゃないですか」

「そ、そんなことないと思うけど」

単純な自分を恥ずかしく思いながら、七瀬は夜を楽しみに仕事をこなす。

やがて午後七時半、店に桐谷がやって来た。今日の彼はスーツではなく、白いインナーに黒のテーラードジャケット、グレーのパンツという適度にラフなスタイルだ。

七瀬が「いらっしゃいませ」と言うと、桐谷はカウンターに座り、メニューを見て言う。

「エスプレッソベースのところにカフェラテとカプチーノ、マキアートと書かれていますが、この違いは何ですか？」

他の客がいることに配慮して敬語で話しかけてきた桐谷に、七瀬は濡れた手を布巾で拭きながら答える。

「どれもエスプレッソをベースにしていて、マシンでスチームしたミルクを注ぎますが、仕上がりの違いで呼び分けています。カフェラテとカプチーノに入っている牛乳は量が同じでも、空気の入れ方と撹拌の仕方に違いがあるんです。空気が少なめなスチームミルクで作り、口当たりがなめらかなのがカフェラテ、ふわふわに泡立てたフォームミルクを使って飲み口が柔らかいのがカプチーノです」

マキアートはエスプレッソに少量のミルクを注いだもので、デミタスカップで量が少なめなため、短時間でさっと飲みたいときや食後などにお勧めだ。

ちなみにカフェオレはフランス発祥で、ドリップで淹れたコーヒーをベースにしており、撹拌しない温めた牛乳を注ぐ。カフェラテとカフェオレは同じ飲み物だと思われがちだが、実は作り方や飲み口が違うのだ。

それを聞いた彼が、少し考えて言った。

「じゃあ、カフェラテで」

「かしこまりました」

エスプレッソに使う豆は専用の深煎りブレンドで、グアテマラとインドネシアをべースにコナを加えた、特注のものだ。

グラインダーで豆を極細挽きにし、きっちり計量したあと、タンパーで圧をかけて粉を押し固める。フィルターをセットし、カップを載せて抽出をスタートすると、しばらくしてポタポタと抽出液が落ち始めた。

蒸らしながら圧をかけるために最初はゆっくりだが、やがて勢いよく液が出てくる。黄金色の濃密な気泡《クレマ》が発生し、周囲にきめ細かな白い泡がつけば抽出成功で、七瀬は同じマシンでスチームミルクを作った。

エスプレッソのカップを少し傾けながらミルクを入れ、全体を馴染ませるようにしつつ三分の一まで注ぐ。ピッチャーの口先を液面の中央からカップの縁に移動させ、表面に徐々に模様が浮かび上がってきたら、カップを左右に揺らした。

何度か揺らして模様を広げ、やがて模様の真ん中を切るようにピッチャーの注ぎ口を移動させると、きれいなリーフ模様のラテアートが完成した。カップをソーサーに置いた七瀬は、それを桐谷に提供する。

「お待たせしました。カフェラテです」

彼がカップを手に取り、表面のラテアートを眺めたあと、中身を一口飲む。そして感心したようにつぶやいた。

「砂糖を入れたわけじゃないのに、ほんのりと甘いんですね。不思議だ」

「エスプレッソは強い苦味が特徴ですが、ミルクを入れると甘くマイルドに感じるのは、コーヒーに含まれる糖分と牛乳の糖分が合わさって砂糖を入れたような味わいになるからなんです。もう少しエスプレッソ本来の苦味を感じたいなら、スチームミルクとフォームミルクを半々ずつにして、カフェラテやカプチーノより泡が少なく甘さが控えめな〝フラットホワイト〟という飲み方がお勧めです」

桐谷が美味しいと思って飲んでくれているのが表情から伝わってきて、七瀬はホッとする。

やがて最後の客が帰っていき、店のドアに〝closed〟の札を下げた。すべての窓にロールスクリーンを下ろしていると、彼がこちらを向いて謝ってくる。

「昨日は全然連絡できなくて、ごめん。MTGが立て込んでいて」

「忙しいなら、仕方ないです。今日はお休みだったんですか?」

「うん」

七瀬がカウンターの中に入ろうとすると、桐谷が腕を伸ばし、自身の脚の間に身体を引き寄せる。

彼は椅子に座ったまま、こちらを見上げて言った。

「本当は会いたかった。仕事をしているあいだも、七瀬さんのことばかり考えて……気もそぞろだった」

桐谷の端整な顔に胸が高鳴り、七瀬の心は彼への想いでいっぱいになる。

ドキドキと脈打つ心臓の鼓動を感じながら、七瀬は桐谷を見下ろして小さく言った。

「わたしも……会いたかったです。本当は昨日の夜まで連絡がなかったので、いろいろネガティブなことを考えてしまいました。『わたしの身体の傷が、やっぱり嫌だったのかな』とか、『誘われたから、やむを得ずああいう流れになっただけなのかな』とか」

「──そんなことない！」

こちらの言葉を聞いた彼がふいに強く否定してきて、その剣幕に驚いた七瀬は思わず口をつぐむ。

するとそれを見た桐谷が我に返り、「あ、いや」と取り繕うように言葉を続けた。

「そんなことは、微塵も思ってない。俺は君が好きだからしたし、まったく後悔はしてないよ。だからそうやって自分を卑下するのはやめてほしい」

彼の言葉を聞いた七瀬は、卑屈な自分を恥じながらうつむいた。

「ごめんなさい。わたし、拓人さんと抱き合ったことがまだ信じられなくて……自信がないから、つい卑屈なことばかり考えてしまうんです。でもそれは自分の問題で、拓人さんに言うべき言葉じゃなかったと思います。本当にすみません」

「いや。こっちこそ、大きな声を出してごめん」

桐谷が微笑み、七瀬の両手を握って言った。

「食事に行こうか。君の食べたいものにしよう、どこがいい?」

「それじゃあ、洋食系で」

その後はタクシーで隣駅まで移動し、隠れ家的なスペイン料理の店で楽しく食事をした。

食後に自宅でコーヒーを飲まないかと七瀬が誘うと、彼は快く了承する。店舗横の玄関から自宅スペースに入り、階段を上がって「どうぞ」と言うと、ふいに後ろから強く抱きすくめられた。

「……拓人さん?」

何かをこらえるように腕に力をこめられ、桐谷の顔が見えない七瀬は戸惑って問いかける。

するとしばらくそのまま抱きしめ続けていた彼が、やがて腕の力を緩めて言った。

「七瀬さんに優しくしたい思いが溢れそうなのに、どうやったら伝わるかわからなくて、もどかしい。君が俺の気持ちを疑ってあれこれ気に病んでるのを想像するだけで、胸が痛くなるよ」

自分の卑屈な言葉が桐谷を傷つけていたのだとわかり、七瀬は彼に向き直る。

そして面映ゆさをおぼえつつ微笑んだ。

「拓人さんの言うとおり、わたしは自分のネガティブな部分を直していかなきゃいけませんね。でも、そうやって気持ちを言葉にしてくれるとうれしいです」

「いくらでも言うよ。七瀬さんが信じてくれるなら」

桐谷の腕が七瀬の身体を引き寄せ、正面から腕の中に抱きしめる。

彼はぎゅっと力を込め、耳元でささやいた。

「好きだ。――君ほど大切な存在はいない」

熱を孕んだささやきが胸にじんと染み入り、七瀬はそっと桐谷の背中を抱き返す。

服越しの体温を感じ、その匂いを吸い込んで心が甘く満たされていくのを感じながら、小さな声で応えた。

「わたしも……拓人さんが好きです」

寝室に入るなり身体を引き寄せて唇を塞がれ、七瀬はくぐもった声を漏らす。

まだ慣れない行為に思わず身体を固くすると、桐谷は緊張を解すように繰り返し口づけてきた。触れるだけのキスを繰り返したあと、開いた唇の隙間から彼の舌が口腔に入り込んでくる。

ゆるゆると舌を絡ませられ、ぬめるその感触に体温が上がった。そっと目を開けると間近に端整な顔があり、七瀬の心臓が跳ねる。

「ぁ……」

——二度目の行為も、彼はとても情熱的だった。

手と唇で七瀬の全身にくまなく触れ、極力苦痛を与えないように気遣ってくれる。唇で傷痕をなぞるしぐさを見た七瀬は、桐谷の愛情を感じて胸がじんとした。

(どうしよう、わたし……)

彼への想いが溢れて、止まらない。

ボルダリングに行ったときも思ったが、桐谷は筋肉質で引き締まった身体をしている。衣服を脱ぐとしなやかで厚みのある体型がつぶさにわかり、少し乱れた髪の隙間からこちらを見る眼差しにドキリとするほどの色気があった。

彼の手管に乱され、ひっきりなしに声が漏れる。触れられるたびに身体はどんどん蜜を零し、二度目でこんなに反応している自分が恥ずかしく、いたたまれなさをおぼえた。

するとと足先でシーツを掻くしぐさでそんな気持ちを読み取ったのか、桐谷が微笑んで言った。

「いつも店にいるときは涼しげな顔をしているのに、そんな潤んだ目で俺を見るなんて、可愛い。どんな反応をしても嫌いにならないから、声を我慢しなくていいよ」

「あ……っ」

やがて彼が体内に押し入ってきたとき、入り口に引き攣れるような痛みがあった。しかしすぐに身体が順応し、強い圧迫感はあるものの痛みが治まっていく。ただ満たされる喜びがあって、七瀬は夢中で目の前の桐谷の身体にしがみついた。

「……っ、拓人、さん……」

「七瀬……」

名前を呼び捨てにされたことで胸がきゅんとし、思わず体内の彼を締めつけてしまう。

すると桐谷が快感をこらえるようにぐっと奥歯を噛《か》み、熱い息を吐いて言った。

「――動くよ」

それから長いこと、七瀬は彼の動きに翻弄された。

徐々に大胆になっていく律動に揺らされ、互いの息遣いとベッドの軋む音が部屋に響いて、濃密な雰囲気を掻き立てる。

切っ先が奥を抉《えぐ》るたびにビクッと反応してしまい、中を締めつける動きが止まらなかった。その動きが心地いいのか、桐谷が吐息交じりの声でささやく。

「まずいな。君の中が悦《よ》すぎて、すぐに達《い》きそうだ」

「……っ……拓人さんの、好きにしていいですから……」

「そんなことを言うと、俺はつけ上がるよ」

こちらを見る眼差しに滴るような色気があり、七瀬の心臓がドキリと跳ねる。

その言葉どおり、彼は七瀬が反応するところばかりを執拗《しつよう》に突き上げてきて、声を我慢することができなくなった。

やがて桐谷が最奥で果てたが、一旦後始末をした彼は七瀬に覆い被さり、熱っぽい口調で言った。

「——もう一度だ」

「あ……っ」

やがてどれくらいの時間が経ったのか、疲れ果てた七瀬はベッドにぐったりと横たわっていた。

意識はぼんやりとあるものの、身体が泥のように疲れていて瞼《まぶた》が開けられず、シャワーを浴びるのも億劫《おっくう》だ。

今日はこのまま、寝てしまいたい。一昨日のように桐谷が朝まで一緒に眠ってくれたら、どれだけ幸せだろう——七瀬が夢うつつにそんなことを考えていると、隣で起き上がった彼がこちらの乱れた髪を撫でてくる。

大きな手の感触が心地よく、そのまま深い眠りに吸い込まれていきそうになったものの、ふいに桐谷がポツリとつぶやくのが聞こえた。

「こうして君に触れるのは、本当は間違っているのかもな。俺にはそんな資格がないかもしれないのに」

その独白はまるで恋人同士になったことを後悔しているかのようで、七瀬の中に疑問が湧く。

(「触れるのが間違ってる」って、一体どういうこと？　さっきまであんなに熱っぽく抱いてくれたのに、どうして……)

今すぐ起きて、その言葉の真意を確かめたい。

そう思うのに身体はピクリとも動かず、七瀬はもどかしさをおぼえる。やがて小さく息をついた彼がベッドに横たわり、こちらの身体を抱き込んできた。

タオルケットを肩まで掛けてくれるしぐさには愛情が溢れており、桐谷が七瀬の髪にキスをしてつぶやく。

「――おやすみ」

彼の心臓の鼓動を間近に感じながら、七瀬は頭の中に渦巻く疑問点を整理しようとする。

しかし強い疲労と肌に直接触れる桐谷の体温、規則正しい鼓動が眠りを誘発し、抗うことは難しかった。

気がつけば七瀬は彼の腕に抱かれ、深い眠りに落ちていた。

＊＊＊

翌日の日曜は世間的には休みでも、サービス業である小此木珈琲は店を開けなければならない。

朝八時半、七瀬が慌ただしく台所で朝食の食器を片づけて言う。

「拓人さん、わたしが仕事のせいで、ゆっくりできなくてごめんなさい。拓人さんさえ構わないなら、このままここにいてくれてもいいんですけど」

「いや。明日の朝一で社内MTGがあるし、それまでに情報分析をしておきたいから、家に帰るよ。それに俺が我が物顔でここにいるのは、七瀬のご両親に申し訳ないし」

桐谷が仏壇に視線を向けながら答えると、彼女が笑って言う。

「そんなことないですよ。うちの両親は、きっと拓人さんを歓迎してくれると思います。一生一人でいるつもりだったわたしが、初めてこの家に入れた恋人なんですから」

(……それはないだろう)

桐谷は心の中で、七瀬の言葉を否定する。

彼女の両親は、きっと自分を歓迎しないはずだ。むしろ「娘に近づくな」と考えているかもしれず、桐谷は忸怩《じくじ》たる思いで目を伏せる。

するとそれを見た七瀬が、こちらの顔を覗《のぞ》き込んできて言った。

「拓人さん、どうかしました?」

「──……」

答えずに彼女の身体を抱き寄せた桐谷は、その肩口に顔を埋める。

そして花のような匂いを胸いっぱいに吸い込んだあと、七瀬の唇に触れるだけのキスをしてささやいた。

「やっぱり帰るよ。でも今日の夜は俺が夕食を作るから、楽しみにしてて」

「本当ですか？」

「うん。午後八時に、車で迎えに来る」

彼女が「楽しみです」と言い、うれしそうに笑う。

その様子をいとおしく思いながら七瀬に暇《いとま》を告げ、車で帰路についた。日曜の朝の幹線道路は空《す》いており、桐谷はハンドルを握りつつ考える。

（こうして彼女に会うことが、はたして正しいのかどうかわからない。……俺は七瀬の両親を殺した人間の、息子なのに）

一昨日の夜、七瀬から両親が亡くなった経緯と旧姓について話を聞いた桐谷は、翌日自身の母親に電話をかけた。

そして「十八年前に父さんが起こした事故の、被害者一家の名前を教えてほしい」と言うと、彼女は怪訝《けげん》な声で問い返してきた。

『今さらどうして、そんなことを聞くの？』

少し気になることがあるからと話すと、母親は困惑しながらも過去の書類を引っ張り出して調べ、質問に答えてくれた。

被害者の名前は谷川和弘《かずひろ》と谷川美紀《みき》で、夫婦である二人は死亡し、娘の七瀬は重傷を負って長期入院をしたという。

それを聞いた桐谷は、「やはり」と思った。

(やはり彼女は、父さんが起こした事故の被害者だったのか。……何て巡り合わせだ)

母親はこの期に及んでなぜ事故について質問したのか理由を知りたがったものの、桐谷は適当に濁して電話を切った。そして沈痛な気持ちで、七瀬のことを考えた。

(家族で動物園に行った帰りに事故に遭い、両親をいっぺんに失ったばかりか、自分も大怪我をしたなんて。彼女はどれだけつらかっただろう)

彼女にとって身体に残った傷痕は、強いコンプレックスのようだった。

初めてつきあった相手に「気持ち悪い」とまで言われたのだから、当然だ。現に桐谷が交際を申し込んだときもそれを理由に断ろうとし、つきあい始めたあとも「いつかは別れる相手だ」と考えて気持ちをセーブしようとしていたのだという。

七瀬にそんな不幸をもたらしたのは、桐谷の父親だ。父の伸一《しんいち》は長距離運送トラックのドライバーをしており、母親はパート勤めというごく平凡な家庭だった。

当時十三歳の桐谷は中学に上がったばかりだったが、ある日「父が事故を起こした」と聞いたときの衝撃は、今も忘れられない。

ニュースで見た事故現場の様子は、凄惨だった。乗用車は前方部分が大きくひしゃげ、原形を留めていない。大破したあとに炎上したらしく、車体も道路も真っ黒になっていた。

原因は父の居眠り運転だということが判明し、世間から大いに叩かれた。母親が拘置所に面会に行ったところ、自らの過失によって二人の命を奪い、その娘に大怪我を負わせてしまった彼はひどく憔悴《しょうすい》していたという。元々真面目な性格だっただけに自責の念が強く、罪悪感で打ちのめされていたらしい。

その後、過失運転致死罪で起訴された父は、初犯だったために執行猶予付きの有罪判決を受けた。事故の賠償金は保険から支払われたものの、金額に上限があり、父は「自分の仕出かしたことを考えれば、それでは全然足りない」と思ったようだ。

彼は持ち家を売却し、桐谷たち一家は安アパートに移り住むことになった。それだけではなく、桐谷も妹も金のかかる部活や習い事を辞めさせられてしまった。

父は事故後に転職していたが、昼は資材メーカーの営業職、夜は工事現場で働くというダブルワークを始め、身を粉にして働いた。その頃桐谷は、深夜に両親が喧嘩《けんか》をしているのを目撃したことがある。

『あなたが起こした事故で二人の人間が亡くなったんだから、責任を感じるのは当然よ。でも、保険で賠償金が支払われたんだから、それ以上を渡すことはないんじゃない？　私たちにも生活があるのに』

『僕は幼い子どもがいる夫妻の命を奪い、わずか九歳の女の子に重傷を負わせた。あちらの弁護士いわく、その子の身体には大きな傷痕が残るそうだ。もしかしたら結婚に差《さ》し支《つか》えるかもしれないし、謝っても謝りきれない。僕が彼女に対して謝罪の意思を示すには、お金という形にするしかないんだよ』

被害者の娘に送金したい父と生活を守りたい母は何度も衝突し、二人は半年後に離婚した。

桐谷と妹は母親の元に引き取られ、元々の〝国原《くにはら》〟という苗字から母の旧姓である〝桐谷〟という名前に変わった。

父から最低限の養育費しかもらえない生活は、ひどく貧しかった。母はフルタイムで働き始め、桐谷は妹と協力して家事をこなすようになった。

公認会計士を目指そうと考えたのは、そんな頃だ。稼げる職業は何かを調べ、学生でも資格が取れる上に高給な公認会計士は、とても魅力的に思えた。

しかも試験に受かれば大学生のうちから学生非常勤として働くことができ、その時給は普通の学生の二倍以上にもなるという。

問題は難関だといわれる試験で、合格率が十パーセント程度しかない狭き門を突破するため、桐谷は死に物狂いで勉強した。

その甲斐あって大学一年のときに試験に受かり、大手の監査法人と非常勤契約を結ぶことができた。他の学生がサークル活動や遊びに夢中になっている中、大学進学で借りた奨学金を返済し、家計を助けるために働いていたことについては、まったく後悔していない。

一方、母と離婚後の父は、事故の被害者である七瀬に送金するためにダブルワークを続けていたらしい。だが無理が祟ったのか、離婚して二年後に職場で倒れ、そのまま息を引き取った。

葬儀に参列した母は、火葬場で骨上げを待つあいだ、ポツリとつぶやいた。

『馬鹿だわ、あの人。お金を払うために無理を重ねて自分が死んでしまうなんて、本末転倒じゃない』

涙を零す様子からは彼女がまだ父のことを愛しているのが伝わってきて、桐谷は虚《むな》しくなった。

彼が引き起こした事故によって、自分たちの家庭は壊れてしまった。だがそれ以上に多大な被害を受けたのは、谷川家の人たちだ。母が向こうの弁護士に父が亡くなったことを伝えると、一人残った娘の保護者となった親族からは「ご愁傷《しゅうしょう》さまです。これ以上は送金してくださらなくて結構です」という言葉が返ってきて、それきり関係は途絶えたという。

まさかあれから十六年経ってその〝娘〟と会うとは思わず、桐谷は忸怩たる思いを噛みしめた。

（俺は一体、どうしたらいいんだろう。彼女にこちらの事情を正直に話すべきか？　それとも、何も伝えないまま関係を終わらせるべきか）

桐谷が両親が亡くなった元凶の人物の息子だと知ったら、きっと七瀬はショックを受けるに違いない。

だが何も言わずにつきあい続けるのはフェアではなく、かと言ってこのままフェードアウトするのも論外で、なかなか答えが出なかった。

結局どういう態度を取るべきか考えあぐね、桐谷はその日の夜まで彼女に連絡を取ることができなかった。「連絡できなくてごめん」「ちょっと忙しいので、明日また連絡します　おやすみ」とだけメッセージを送ったが、嘘をついている自分に自己嫌悪が募った。

翌日の土曜は仕事が休みで、連絡を取らないのは不自然だと考えた桐谷は、どういう対応をするか決められないまま小此木珈琲を訪れた。

七瀬は笑顔で迎えてくれたものの、二人きりになった途端に「連絡が遅かったため、身体の傷が嫌だったのかとネガティブなことを考えた」と語り、桐谷は思わず語気を強めてそれを否定した。

(俺は……馬鹿だ。初めて抱き合ったタイミングで距離を置いたら、彼女がそれを「身体の傷のせいだ」って考えるのは容易に想像ができたのに)

七瀬への想いは、まったく薄れていない。

それどころか、一度抱き合ったせいでますますいとおしさが募り、離れがたく思っている。

何も知らない彼女は屈託ない様子を見せ、こちらへの好意を表情や態度に出してくれて、桐谷は胸がいっぱいになった。

七瀬への想いがこみ上げて止まらず、衝動のまま彼女を抱いた。つい執拗に二度もしてしまい、疲れ果てて眠る七瀬を前に、何ともいえない気持ちを噛みしめてつぶやいた。

「こうして君に触れるのは、本当は間違っているのかもな。俺にはそんな資格がないかもしれないのに」

やるせない思いを抱えながら彼女の家に一泊し、朝食をご馳走になった。

引き留められたものの、桐谷は明日の朝から行われる社内MTGを理由に帰宅する旨を告げ、今に至る。車のハンドルを握りながら、桐谷はこれからどうするべきかをじっと考えた。

(俺が両親の死の原因になった人間の息子だと正直に話せば、七瀬はきっと傷つく。ならば何も言わずに別れるという手もあるが、そうすると彼女は原因を自分の身体の傷のせいだと考えるだろう。……それだけは駄目だ)

七瀬のコンプレックスを抉るような真似《まね》だけは、してはならない。

つまりは八方塞がりで、桐谷はかすかに顔を歪めた。

(俺は父さんがしたことの罪滅ぼしも含めて、七瀬にひたすら優しくするしかないんだろうか。真綿にくるむように愛情だけを注げば、それが彼女の幸せなのかな)

真実を知れば、彼女が傷つくのは必至だ。黙っているのは卑怯《ひきょう》なことだと自覚しつつも、桐谷は今の関係を壊したくないという思いと自己保身で、正直に事情を告げる決断ができない。

鬱々とした気持ちのまま自宅マンションに到着し、パソコンを開く。明日の会議の資料を読み込んでいると、ふいにスマートフォンの着信音が響き、手に取って確認した。

　ディスプレイに妹の名前を見た桐谷は、指を滑らせて電話に出る。

「はい、もしもし」

『あ、お兄ちゃん？　私、優菜《ゆうな》』

　妹の優菜は桐谷の五歳年下で、現在商社に勤め、営業事務をしている。彼女は電話口で言った。

『今、家にいる？　これから行っていい？』

「一体何の用なんだ」

『ガトーショコラを作ったから、そのお裾分け。お兄ちゃん、私が作ったの好きだったでしょ』

　あまり会いたい気分でもなかったが、断るのも大人げないと思い、桐谷は訪問を承諾する。すると三十分ほどしてインターホンが響き、優菜がやって来た。

「久しぶり。休みの日まで仕事してるの？　相変わらずだね」

　彼女はアンサンブルのトップスにクロップドパンツという動きやすい服装で、ショートボブの髪に耳元のピアスがよく似合っている。

　カウンターにケーキが入った箱を置いた優菜が、笑顔で言った。

「ケーキ、今食べる？　私がコーヒー淹れようか」

「ああ、頼む」

勝手知ったる様子でキッチンに入り、彼女がコーヒーの用意を始める。

桐谷がやりかけの作業のバックアップを取ってパソコンを閉じると、ちょうどそのタイミングで優菜がケーキとコーヒーを運んできた。

ソファに座った彼女はカップの中身を一口飲み、眉を上げて言う。

「んっ、このコーヒー美味しい。どこの店の？」

「会社の近くの、行きつけの店のものだ」

「ふうん」

彼女が「ところで」と続け、こちらを見た。

「お兄ちゃん、このあいだお母さんに、お父さんが起こした事故の被害者のことで電話したでしょ。お母さん、すごく気にしてたよ」

「…………」

「何でいきなり、あの件について聞きたいと思ったの？」

優菜の質問に桐谷はどう答えようか迷ったものの、上手く誤魔化せそうにない。

コーヒーを一口啜り、言葉を選びながら口を開いた。

「実は俺には今、つきあっている人がいる。会社のすぐ傍《そば》でコーヒー店を営んでいる女性で、今飲んでいるコーヒーもそこで購入した豆だ。名前は小此木七瀬さん」

「その人が、あの事故と何の関係が……」

「彼女の旧姓は、谷川《せがわ》という。両親を亡くしたあと、叔母夫婦の養女となって苗字が変わったそうだ」

それを聞いた彼女は驚いたように目を瞠り、「それって……」とつぶやく。桐谷は頷き、言葉を続けた。

「七瀬は父さんが起こした事故の、被害者だ。彼女の話を聞いているうちに引っかかりをおぼえ、旧姓が谷川だと知って、珍しい読み方に『もしかして』と考えた。それで母さんに電話をして、事故の被害者の名前を確かめたんだ」

優菜が困惑した顔で、桐谷を見た。

「その彼女がお父さんが起こした事故の被害者だって、お兄ちゃんは知っててつきあうことにしたの？」

「わかったのは、つきあい始めたあとだ。だからどうするべきか迷ってる。七瀬に俺の素性を話すかどうか」

すると彼女はマグカップをテーブルに置き、眉をひそめて言った。

「私は反対だな。お兄ちゃんがその人とつきあうの」

「………」

「だってそうじゃない。その人にとってのお兄ちゃんは、自分の両親を殺した人間の息子なんだよ。普通そんな人とつきあいたいと思う？」

優菜の言っていることは正論で、桐谷はぐっと押し黙る。彼女が言葉を続けた。

「お兄ちゃんなら他にいくらだって相手が見つかりそうなのに、どうしてその人なの？　もしその人をうちに連れてきたとして、お母さんも私もどんな顔をして迎えたらいいのよ。彼女にとってはお父さん以外の私たち家族も加害者同然なのに、ずっとへりくだって接すればいいわけ？」

〝加害者同然〟という言葉が胸に突き刺さり、桐谷はかすかに顔を歪める。優菜はなおも言い募った。

「ねえ、別れたほうがいいよ。そんな因縁のある人と、わざわざつきあわなくてもいいじゃない。私はお兄ちゃんのことを心配して言ってるんだよ？　事故の加害者と被害者なんて、全然対等な関係じゃないでしょ」

「──ごめん、用事を思い出した。悪いけどもう帰ってもらっていいか」

来た早々、見え透いた嘘で突然「帰れ」と言われた彼女は、ムッとした顔をする。

みるみる不貞腐《ふてくさ》れた表情になった優菜は、つっけんどんな口調で言った。

「私は間違ったことを言ってるとは思わないし、二人がつきあうことに反対だから。お母さんもそう言うと思うし、お兄ちゃんはよく考えたほうがいいよ」

立ち上がった彼女がバッグをつかみ、嫌みっぽく「お邪魔しました」と吐き捨てて帰っていく。

テーブルに残された湯気の立つマグカップとガトーショコラを見つめ、桐谷は小さく息をついた。

(優菜の感覚が普通なのかもしれない。事故の加害者側と被害者がつきあうのは、歪《いびつ》でおかしいことなんだって。……でも)

そうした事情が気にならないくらい、桐谷は七瀬に強く心惹かれている。

彼女の真面目さや柔らかな笑顔、醸し出す雰囲気は、桐谷に安らぎを与えてくれた。仕事に対する姿勢やコーヒーを淹れる技術も尊敬でき、恋愛慣れしていないところも庇護欲をそそる。

身体の傷は桐谷の中でマイナスではなく、それも含めて七瀬だと受け入れている。この先もずっとつきあいを続け、いずれ結婚という形になってもいいと考えているが、難しいのだろうか。

（もしそうなれば、俺が父さんの息子だということが明らかになる。それだけじゃなく、母さんや優菜との関係も考えなきゃいけなくなるのか）

先ほど優菜が言っていたとおり、七瀬も彼女たちも互いに対応に困るに違いない。母や優菜は父の犯した罪を見せつけられる形になり、七瀬も複雑だろう。

（一体どうしたらいいんだろう。彼女のことは、欠片《かけら》も傷つけたくないのに……）

いつかは真実を知られてしまうと思うと、胸が苦しくなる。だが別れるという選択をどうしてもできそうになく、鬱屈した思いだけがじりじりと募った。

気がつけばテーブルの上のコーヒーが冷めていて、桐谷はそれを一口飲む。すると温度が下がったことで苦味が強くなり、舌を刺すような味がした。

静まり返った部屋の中で、時計の針が進む無機質な音だけが規則正しく響いていた。コーヒーの苦さを感じながら、桐谷はじっと物思いに沈み続けた。

第六章

梅雨がないといわれる北国だが、六月に入ると雨の日が多くなり、何となく湿っぽい天気が続く。

しかし晴れれば爽やかな陽気で、夏を思わせるほどに気温が上がっていた。店が休みの火曜日、七瀬は自宅のキッチンに立ち、改まった口調で説明した。

「じゃあ今日は、ネルドリップで淹れる方法を説明します」

「はい」

同じく改まった口調で答えた桐谷は、先週の土曜日に出勤したために今日は代休だ。彼は自宅でコーヒーを美味しく淹れたいと考えているらしく、七瀬は時間があるときにさまざまな方法をレクチャーしていた。

ネルドリップとは、持ち手が付いた枠に袋状になった〝ネル〟、つまり起毛がある織物で作った布を被せ、それで濾過《ろか》してコーヒーを淹れるやり方のことをいう。

ネルドリップで淹れたコーヒーは、ペーパードリップに比べてとろりとした質感になるのが特徴だ。特に深煎りの豆との相性がよく、透明感がありつつまろやかで甘みを含んだ仕上がりが愉しめる。

七瀬は器具を手に取って言った。

「抽出の原理はペーパードリップと同じなんですけど、粉の膨らみが上部だけのペーパードリップに対し、ネルドリップは柔らかいのでドリッパー全体が膨らみます。つまり内部で対流が起こりやすく、粉がよく撹拌されて、ネルの動かし方やお湯の注ぎ方で対流が変わって、仕上がりに影響するんです」

「それは、技術として難しいということ？」

「そうです。ネルはペーパーに比べて湯の抜け方が速く、技術の巧拙が出やすいといわれてます。でもその分、上手く淹れられたときの達成感がありますし、コーヒー愛好家の中では人気の器具なんですよ。実際にやってみましょう」

新品のネルは糊《のり》がついていたり、布の臭いがきつい場合があるため、少量のコーヒーを入れたお湯で十分程度煮沸してから使う。

一度使用したネルは洗剤を使わずに水洗いし、きれいな水を張った容器に入れて冷蔵庫で保存していた。それを取り出した七瀬は、流水で洗ってきつく絞る。

さらにタオルで挟んで叩き、コーヒーが水っぽい仕上がりにならないようによく水気を吸い取ったあと、枠にセットした。

ネルドリッパーにコーヒーの粉を入れ、桐谷に湯の注ぎ方をレクチャーしながら、七瀬はこうして二人で過ごす時間を楽しく感じる。

彼と初めて抱き合ってから、十日ほどが経っていた。多忙な桐谷だが七瀬と会う時間を作ってくれ、いつも蕩《とろ》けるように優しい。

愛情表現を惜しまない彼は、目が合えばキスしたり頬や髪を撫でたりとスキンシップが多く、慣れない七瀬はそのたびにドキドキしていた。母子家庭だったせいで家事に慣れているという桐谷は、自宅で手料理を振る舞ってくれることもあり、その腕前はかなりのものだ。

外に出掛ければさりげなくドアを押さえたり、どんな店に行っても堂々とエスコートする気遣いなど、その行動のいちいちに大人の男性なのだということを如実に感じる。

（それに……）

彼の愛情を一番感じる瞬間は、ベッドの中だ。

七瀬の身体にある醜い傷痕に、桐谷はいつも躊躇いなく唇で触れる。まるでかつて受けた痛みを癒やしたいかのように口づけられるのは羞恥を伴うものの、何度も繰り返されるうちに「この人は、本当にわたしのことが好きなんだ」と思うようになっていた。

（こんなに素敵な人がわたしを好きなんて、まだ信じられない。……他にいくらでも相手を選べそうなのに）

桐谷とつきあい始めて、七瀬の日常は劇的に変わった。

彼と過ごす時間は楽しく、いつも笑顔でいる。そうしたプライベートの充実は顔に出ているのか、店の客にも「最近、何だか楽しそうだね」と言われることがあり、単純な自分が恥ずかしくなった。

こうして休みが被ることは滅多にないものの、今日は桐谷が代休を店の定休日に合わせてくれ、昨夜からずっと一緒にいる。朝食後に店ではやらないネルドリップでコーヒーを淹れようとしたところ、興味を持った彼に「傍で見ていていいか」と言われ、こうして工程を教えることになった。

得意分野であるコーヒーについて質問されるのはうれしく、技術を教えるのは造作もない。出来上がったものを早速一口啜った桐谷が、目を瞠って言った。

「ペーパーで淹れたときとは、口当たりがだいぶ違うんだな。丸いというか、味が幾分くもった感じがする」

「その〝くもり〟は、コーヒー本来の油分です。抽出液に油分が残ると、口当たりがなめらかになります。でもネルはフィルターの目がペーパーに比べて粗い分、旨味や甘み、油分と一緒に、雑味も出やすいんです。なので浅煎りや中煎りのときはペーパードリップのときよりも豆の量を増やし、かつ挽き目をやや粗くすると、失敗が少ないと思います」

それを聞いた彼がカップの中身を啜り、微笑んで言った。

「君にこうして淹れ方を教えてもらえるなんて、お金を払ってもいいくらいだ。今まで試行錯誤して編み出したレシピを聞いてるんだから」

「聞いたからといって、すぐそのとおりにできるわけじゃありませんよ。自分で何度もやってみることが必要です」

すると桐谷が眉を上げ、噴き出して答える。

「なるほど。この味を再現できるかどうかは、練習次第ってことなんだな。先生」

「そうです」

目を見合わせて笑い、二人で後片づけをする。

七瀬が布巾でシンクを拭き上げていると、彼が背後から腰を抱き寄せて問いかけてきた。

「さて、今日は何をする？　君がしたいことにつきあうよ」

耳にキスをしながらそうささやかれ、七瀬はくすぐったさをおぼえながら答える。

「せっかく天気がいいので、外に出掛けませんか？　サンドイッチとコーヒーを持って公園に行ったあと、ボルダリングをして、帰ってきて映画鑑賞とか」

「いいな、それ」

まずは近所のスーパーに買い出しに向かい、サンドイッチの材料を買う。

中身は海老とブロッコリー、みじん切りの玉ねぎをマヨネーズで和えたものと、ツナとスクランブルエッグ、千切りきゃべつを挟んだ二種類にし、フルーツやチーズのほかに、ホットコーヒーもボトルで用意した。

そして車を十分少々走らせ、A山記念公園に向かう。小高い山の上にあるその公園は展望台から市内を一望でき、夜景スポットとしても人気が高い。

公園内には散策路があり、子どもが遊べる遊具広場やレストハウスが整備されていた。平日である今日は、犬の散歩に来た人や幼い子ども連れの女性グループなどでにぎわっている。

駐車場から長い階段を上り、展望台に辿《たど》り着いた七瀬は、笑顔で言った。

「わあ、本当に市内を一望できるんですね。あんなに遠くまで見通せるなんて、すごい」

しばらく公園内を散策したあと、木の下でレジャーシートを広げ、昼食にする。

外は気温が二十七度と汗ばむ陽気だったが、木陰は涼しく、爽やかな風が吹き抜けていた。小鳥の囀《さえず》りや木々の葉擦れの音を聞きながら、桐谷が空を見上げてしみじみと言う。

「のどかだな。一人じゃ絶対こんなところには来ないから、新鮮だ」

「わたしもそうです。今までは休みの日も、何かしら仕事に関わることをしてましたし」

「お互い仕事の虫ってことか。二人でいればこうして気晴らしができて、ちょうどいいのかもな」

ポットに入れてきたコーヒーは深煎りのグアテマラで、食後にゆっくり飲む。

その後はボルダリングジムに向かい、七瀬は何度かチャレンジした結果、前より一段階難しいコースをクリアすることができた。調子に乗ってもうひとつ上のレベルのコースを試してあえなく撃沈したり、桐谷の登る姿を見て身体の使い方を勉強したりと楽しい時間を過ごし、夕方になって彼のマンションに向かう。

夕食を作るのも外に出掛けるのも億劫になり、デリバリーで料理を注文した。そしてワインを飲みつつ動画配信サービスで映画を観始めたが、ハリウッドのサスペンスものは思いのほか面白かった。

ソファに並んで座りながら、七瀬は隣の桐谷をそっと窺う。彼は真剣な表情で映画に見入っており、その横顔は輪郭が整っていて、仕事の日とは違ってラフに下ろしている髪に胸が高鳴る。

高い鼻梁や喉仏、しなやかな印象の首筋など、男っぽいパーツについ目がいってしまい、七瀬は慌ててテレビに視線を戻した。

(やだ、わたし。……昨夜もあんなにしたのに)

正式につきあい始めて一ヵ月少々が経つ今、桐谷の溺愛ぶりは日々増すばかりだ。普段はクールな表情で、いかにも仕事ができそうな雰囲気を醸し出しているのに、二人きりになると彼はとことん甘くなる。

こちらを見つめる眼差しやふとしたときのしぐさには愛情が溢れていて、これまで男性にそんなふうに扱われたことがなかった七瀬は、最初ひどく戸惑った。

しかしそうした行動が一過性のものではなく、桐谷が心からしたくてしていることであるのが伝わってきて、最近は前向きに受け止められるようになっていた。

(拓人さんに大切にされると、わたしという人間に価値があるように思えてくる。すごいな、恋愛って)

これまで自己肯定感が低かった七瀬にとっては、劇的な変化だ。

優しくされた分、彼にもお返ししたい。だが自分の取り柄といえばコーヒーを淹れることくらいで、このままでは桐谷に飽きられないかと心配になる。

気がつけば難しい顔をしていたらしく、ふいに隣で彼が笑って言った。

「どうした？　そんな顔して」

「えっ？」

「眉間に皺が寄ってる」

確かに映画は今穏やかな場面で、難しい表情で見るシーンではない。七瀬は慌てて表情を取り繕って答えた。

「ち、ちょっと考え事をしてて」

「映画、つまらないかな。他のに変えようか」

「大丈夫です」

すると桐谷が、こちらの顔を覗き込んで言った。

「もし何か悩み事があるなら、話してほしい。俺は七瀬のために何でもするつもりだから」

過保護ともいえる彼の発言に、七瀬の胸がじんとする。

この人にになら、全力で寄り掛かってもいい。必ず受け止めてくれると信じられるのは、何て幸せなことだろう。

そう思いながら、七瀬は思いきって心情を吐露《とろ》した。

「実は……拓人さんの横顔を見てたら、鼻が高いな、恰好いいなあって思ってしまって」

「……………」

「つ、つまり、くっつきたいなーって思っただけなんです。……すみません」

じんわりと頬を染めながらそう申告すると、桐谷が小さく噴き出す。そして面映ゆそうな表情になり、笑って言った。

「そんなの常時大歓迎だし、謝ることなんてないよ。おいで」

「あ……っ」

腕をつかんで身体を引き寄せられ、抱きしめられる。

桐谷の硬い身体とぬくもりを服越しに感じ、胸がいっぱいになった。鼻腔をくすぐる匂いはもうすっかり馴染んだもので、七瀬は腕を上げて彼の身体を抱き返し、幸せな気持ちでつぶやく。

「拓人さんがこうして甘やかしてくれるから、わたし、甘ったれで駄目な人間になりそうです。優しくしてもらった分、いっぱいお返ししたいと思うのに、何もできてませんし」

「君が楽しそうに笑ってくれたり、こうやって甘えてくれるだけで、俺は充分満たされてるよ。だからそんなこと思わなくていい」

抱きしめる腕に力を込め、すぐに緩めた桐谷が、こちらを見下ろして言う。

「あとはどうしてほしい？　何だって叶《かな》えるから、言ってくれ」

それを聞いた七瀬の中に、ふと「この人は、どうしてここまで自分に尽くそうとしてくれるのだろう」という疑問が湧く。

そして以前、彼が「こうして君に触れるのは、本当は間違っているのかもな」「そんな資格はないかもしれないのに」とつぶやいていたのを思い出した。

（もしかして拓人さんは、わたしに隠し事をしてる？　つきあうのを躊躇う理由が何かあって、だからこそ過剰に優しくしているんだとしたら――）

心にポツリと波紋が広がり、七瀬は口をつぐむ。

するとそれを見た桐谷が「七瀬？」と問いかけてきて、慌てて答えた。

「あ、えっと……キス、してほしいかなって」

「いいよ」

彼があっさり答え、唇に触れるだけのキスをしてくる。そしてすぐに離し、吐息の触れる距離でささやいた。

「これでいい？」

「もっと……」

桐谷が微笑み、より深いキスをしてくる。

口腔に押し入ってきた舌が緩やかに絡められ、七瀬は甘い息を漏らした。触れ合っているうちに次第に思考が覚束《おぼつか》なくなり、彼にもたらされる感覚に陶然《とうぜん》としてしまう。

やがて桐谷の大きな手が胸の膨らみに触れ、やんわりと揉みしだいてきた。ようやく唇を離された七瀬は息を乱しつつ、小さく問いかける。

「あの、ここで……？」

「嫌？」

「い、嫌じゃないですけど……」

映画を観ていたために部屋の中は薄暗いが、真っ暗ではない。

ベッドではない場所で抱かれるのは初めてだったものの、常にはないシチュエーションは、とても刺激的だった。衣服を乱され、零れ出た胸を愛撫される七瀬は、次第に明るさが気にならなくなっていく。

腕を伸ばして桐谷の髪に触れると、彼はその手をつかんで手のひらに舌を這《は》わせてきた。意外に敏感な部分を濡れた舌で舐められるのはゾクゾクとした感覚をもたらし、思わず声が漏れる。

「あ……っ」

手のひらを舐めながら桐谷が色めいた目でこちらを見下ろしてきて、その視線に理性を灼《や》かれる気がした。

彼の唇は手首、腕の内側へと移動していき、たまらなくなった七瀬は桐谷の首を引き寄せる。彼が再び唇を塞いできて、口づけがすぐに熱を帯びた。

「ん……っ」

桐谷は時間をかけて七瀬の身体を愛し、充分に性感を高めた。

やがて彼が中に押し入ってきて、七瀬はその圧倒的な質量に眩暈《めまい》がするような愉悦を味わう。

初めて抱かれたときに感じた苦痛は既になく、快感しかない。桐谷が自分本位な動き方をしないのもいつものことで、こちらの反応を見ながら徐々に律動を激しくしてきた。

やがて彼が七瀬の身体の奥深くで果てたとき、互いに激しく息を乱していた。身を屈めて覆い被さってきた桐谷が、熱を孕んだ声でささやく。

「——好きだ」

頭を抱え込んで髪にキスをされ、七瀬の心が甘い気持ちでいっぱいになる。

彼の愛情を痛いほどに感じながら、そのぬくもりを受け止め、満ち足りた思いで答えた。

「……わたしも、好きです」


翌日は朝から店が通常営業で、七瀬は忙しく過ごした。

平川が昼休憩に入る正午過ぎは、客足が一旦落ち着く時間帯だ。この時間はランチをやっている店に客が流れ、一時間程度はさほど客が多くない。

そのため七瀬はいつもカウンターの内側でパソコンを開き、帳簿をつけたり、販売商品の在庫のチェックといった雑務をこなしていた。今やっている作業は、新しくアルバイト従業員を雇うためのチラシ作りだ。マウスを動かしながらレイアウトを考えていると、ふいに入り口のドアベルが鳴った。

「いらっしゃいませ。お好きな席にどうぞ」

店に入ってきたのは、二十代半ばの女性だった。

白の半袖のトップスに緑のロングスカートを穿いた彼女は、窓際の席に座る。七瀬は水が入ったグラスとおしぼりを持っていき、女性に声をかけた。

「ご注文がお決まりになりましたら、お声をおかけください」

すると彼女が「中煎りブレンドをください」と答え、七瀬はカウンターに入る。

ケトルでお湯を沸かし、丁寧に作業をした。コーヒーを提供すると女性はカップの中身を一口飲んだものの、その後はあちこちに視線を巡らせ、店内をじっと観察している。

その様子は他の客とは少し違っていて、七瀬は気になった。

（……何だろう）

だが客が席でどんなふうに過ごそうと、周囲に迷惑をかけないかぎりは自由だ。

七瀬はあまりそちらを見ないようにしながらパソコンの作業を続行し、アルバイト募集の文面を完成させたあと、かかってきた電話に対応する。

やがて先ほどの女性が伝票を持ってレジまでやって来たため、立ち上がって会計をした。

「お会計、四四〇円でございます」

すると彼女はトレイに五百円を置き、レジを打つ七瀬の顔をじっと見つめる。

その視線の強さに一瞬たじろぐと、女性はすぐに目を伏せておつりを受け取り、無言で店を出ていった。

「ありがとうございました。またどうぞお越しください」

ダスターを持った七瀬がカップを下げにテーブルに向かったところ、先ほど提供したコーヒーはほぼ手つかずのまま冷めて残っていた。

それを見た七瀬はショックを受け、思わず手を止める。

(ほとんど飲んでない。もしかして、口に合わなかった?)

帰り際、レジでこちらを刺すような眼差しで見ていたのは、もしかすると味が気に食わなかったからかもしれない。

確かにひとつひとつの豆にどうアプローチするかはバリスタ次第であり、好みだ。

万人に受け入れられるものを提供するのは難しく、口に合わないという人間が出てくるのは避けられない。

だがここまであからさまに残されることは滅多になく、気持ちがひどく落ち込んだ。

それでもカップを洗いながら、前向きに考えようとする。

(コーヒーを残されたのはすごくショックだけど、わたしが淹れた味に納得がいかない人がいるってことなんだから、そこは改善の余地があるよね。逆にブレンドの配合や焙煎の仕方を考えるチャンスだって考えよう）

現状とは違うアプローチで試すきっかけになったのだから、あの女性客は悪くない。そう心に折り合いをつけ、なるべく引きずらないように仕事をこなしたものの、その日の夜に口コミサイトを見た七瀬は絶句した。

（これって……）

見つけたのは、星ひとつをつけたレビューだ。

内容は「出されたコーヒーの温度がぬるすぎる。もしかしたら、オーダーミスで余っていたのをそのまま出したのかも」「店員の態度も最悪」というもので、七瀬はひどく動揺した。

（コーヒーは抽出する段階でお湯の温度を厳密に測ってるから、ぬるすぎるなんてありえない。オーダーミスが出たものを、そのまま他のお客さんに出したことだって一度もないし）

これを書いたのは、今日来店したあの女性客だろうか。

他の客はカップの中身をきれいに飲んで帰ったため、その可能性は高い。味の好みで合う、合わないを書き込まれるのは当然だと考えているが、事実無根な内容は許せなかった。

（……でも）

たったひとつネガティブな意見を書き込まれただけでサイトに削除要請を出すのは、あまりに大人げない。

他のレビューはいい内容ばかりなため、今回の口コミがいわゆる〝荒らし〟なのは傍から見ても明らかだ。ならばしばらく様子を見るべきかと考え、七瀬は物憂いため息をついた。

（こういうグルメサイトに店を掲載している以上、ある程度マイナスのレビューは受け入れなきゃいけない。……世の中にはいろんな人間がいるし、しょうがないよね）

しかし次の日、七瀬は別の口コミサイトにもマイナス意見が書き込まれているのを見つけてしまった。

その日だけではなく連日続くようになったそれは、ユーザー名こそ違うがどれも星ひとつだ。

内容は「泥水みたいな味。これなら缶コーヒー飲んでるほうがマシ」「店員は常連と大声で話していて、他の客に対してすごく愛想が悪い」「販売している豆を買ったら、中に虫が入っていた」というもので、七瀬は読んでいるうちに胃がぎゅっと締めつけられるのを感じた。

わずか一週間でこれだけのマイナスレビューが書き込まれるのは、異常だ。味については ともかく、常連と話すときは他の客の邪魔にならぬよう声を抑えていて、大声を出していることは絶対にない。

だが販売している豆は焙煎所にオーダーして袋詰めしてもらっているもので、もし本当に虫が混入していたのなら大問題だ。

そう考えた七瀬はサイトの機能を使い、書き込んだユーザーに対して「異物混入していた商品について調査と交換をしたいので、店に連絡してほしい」と丁寧に返信したものの、その後まったく音沙汰がなかった。その意味について、七瀬はじっと考える。

(連絡がないってことは、あの口コミの内容は嘘だったのかな。焙煎所のほうにレビューの内容について報告したら、「うちの責任です」ってものすごく気にしていたのに……。何なんだろう、一体)

誰かの悪意が自分に向けられている事実に、胃がキリキリと痛む。

相手の姿が見えず、「もしかしたら、指摘されているような事実があったかもしれない」という内容も含んでいるだけに、無視することができなかった。

それでも表面上はいつもどおりに振る舞い、カウンターに立って接客するものの、ふいに「このお客さんが、悪意のあるレビューを書き込むかもしれない」と考えてしまい、相手のことが怖くなってしまう。

そんな七瀬に対し、平川が真面目な表情で言った。

「店長、これ以上嫌がらせが続くようなら、しかるべき手段に出たほうがいいんじゃないですか？　レビューを書き込んでいるユーザーについて、情報の開示請求をするとか」

「……でも」

「今はウェブでいろいろ調べてからお店に行く人も増えてますから、マイナスのレビューを見た人が『この店はやめておこう』って考えることもあると思うんです。それって店にとっては、大きな損失ですよ。今後常連になってくれるかもしれないお客さんたちを逃しているんですから」

彼女の言うことはもっともで、確かに今の状態が続けば客足に影響が出ないとは言いきれない。

七瀬が「そうだよね」とつぶやくと、平川がふと思いついた顔で言った。

「桐谷さんに相談するのはどうですか？　職業柄、弁護士とかに知り合いがいるかも」

「それは……」

実は一連の嫌がらせについては、桐谷に話していない。

自分が誰かに悪意を向けられていると知れば、過保護な彼はきっと大騒ぎするだろう。当初は事を荒立てる気はなく、荒らし行為が治まるまで静観するつもりだった七瀬は、話す必要はないと考えていた。

(……でも)

もし法的に対処するなら、そういう方面に明るそうな桐谷に相談するのが最善かもしれない。

そう結論づけ、七瀬は顔を上げて言った。

「あと二、三日様子を見て、もし収まらないようだったら彼に相談してみる。それで弁護士を紹介してもらうなり、対処しようかなって」

「ええ。それがいいですよ」

翌日、昼過ぎに銀行に行っていた七瀬は、戻るなり平川から大口のオーダーについて聞かされた。

「さっき電話があって、ケニア・キリニャガをテイクアウトで二十五杯、午後五時に取りに来たいそうです。紙袋にまとめてほしいって」

「そう」

二十五杯分のコーヒーを熱々で用意するのは、大変だ。

しかも移動中に袋に中身が零れないよう、紙製のカップホルダーで固定しなければならない。

夕方にかけての忙しい時間帯、七瀬はオーダーをこなしながらせっせとテイクアウト用のコーヒーの準備をした。出来上がったものを保温性のポットに移し替え、温度を保つ。

二十五杯分のカップと蓋、紙袋やカップホルダーをセットし、会社名での領収書も用意した。そして引き取りに来る時間に合わせて中身を注いで待ったものの、午後五時を五分過ぎても客は現れない。

平川が戸惑った表情で言った。

「……遅いですね。私、お客さんに電話してみます」

「うん、お願い」

オーダー時に聞き取っていた番号に、彼女が店から電話をかける。

「すみません、こちら、小此木珈琲と申します。営業部の山本《やまもと》さまから頂戴したテイクアウトのご注文について、確認のお電話だったのですが」

するとしばらくして平川が、「えっ？」と驚きの声を上げた。

七瀬が視線を向けると、彼女は何度か相槌《あいづち》を打ち、相手に謝って電話を切る。そしてこちらを向き、こわばった顔で言った。

「オーダーを受けたときに聞いた会社に電話をかけたところ、営業部に山本さんという人はいないそうです。うちにコーヒーを注文した覚えもないって」

「えっ……」

七瀬の心臓が、ドクリと大きく脈打つ。平川が動揺した顔で言葉を続けた。

「店長、これってもしかして、例の嫌がらせの一環なんじゃないですか？　わざと大量のテイクアウトをオーダーして、時間になっても店に現れず、こっちに損をさせてやろうっていう」

顔から血の気が引き、手のひらにじっとりとした汗がにじむ。

信じたくないが、状況からすると彼女の言うように〝嫌がらせ〟だと考えるのが自然なのかもしれない。

ケニア・キリニャガはスペシャルティコーヒー、つまり味や香りなどが決められた評価基準を満たし、コーヒー豆の生産体制と管理が徹底された高品質の豆で、価格が高い。

　このまま廃棄となればおよそ二万円弱の損をしたことになり、店にとっては大きな損失だ。七瀬はぐっと拳を握りしめた。

（……ひどい。こんなことをするなんて、わたしに一体何の恨みがあるの？　そこまで嫌がらせをしたい理由って何？）

　心に渦巻く悔しさとやりきれなさを、七瀬は足元を見つめて押し殺す。

　そして顔を上げ、平川に向かって言った。

「今回の被害については、営業終了後に警察に相談することにする。用意したコーヒーは廃棄するのも忍びないから、お客さんに試飲として配ろう」

「いいんですか？」

「うん」

　それから七瀬は客のテーブルを回り、「オーダーミスで余ってしまったケニアがあり、無料で試飲できますが、いかがですか」と勧めて回った。

　誰もが喜んで口にしてくれ、午後七時半のラストオーダーまでに半分ほどなくなる。

　午後八時前、最後の客を送り出した七瀬は、ひどく気分が落ち込むのを感じた。

（どうしてこんなことになっちゃったのかな。……今まではトラブルもなくやってき

たのに)

去年の七月に小此木珈琲を開業し、来月で一周年になる。

先日は雑誌で二ページに亘って取り上げてもらえ、反響が大きく客足も増えていた。来店してくれる客に喜んでもらえるような一周年企画をあれこれ考えていたのに、今のままでは晴れやかな気持ちでその日を迎えられそうにない。

だがこうしてぼんやりとはしていられなかった。今日は店を閉めたあと、警察に行って連日の嫌がらせについて相談してこなければならないからだ。

そう思い、深呼吸して気持ちを落ち着かせた七瀬は、閉店作業を始める。店を出るときにスマートフォンを確認すると、桐谷から「今日は少し帰りが遅くなる」というメッセージがきていた。

七瀬は指を滑らせ、「所用で警察署まで行ってきます」「帰ったら電話します」と返事をする。

タクシーで十分もかからずに到着した警察署では、親身になって話を聞いてもらえた。嘘の注文を入れられたことで金銭的な損害が出ているため、偽計業務妨害罪として立件できるだろうと言われた七瀬は、ホッとする。

対応した男性警察官が、言葉を続けた。

「こうしたケースの場合、弁護士に依頼すると誹謗中傷を書き込んだ人物の情報開示がスムーズです。警察に被害届を出せば我々はすみやかに捜査に着手できますので、よく考えて提出してください」

「はい。ありがとうございました」

やはり弁護士に依頼することが、事態の解決への近道らしい。

まずは対応してくれる弁護士を探し、被害届について相談するといいかもしれない。

そんなことを考えながらタクシーに乗り込み、スマートフォンを開くと、桐谷から不在着信とメッセージがきていた。

内容は「警察署って、何かあった？」「そっちに行くから、用が済んだら連絡して」というもので、七瀬は彼に電話をかけた。

「あ、拓人さん？　七瀬です」

『今どこ？　まだ警察署か』

「いえ、今帰っている途中です。あと数分で着きます」

『じゃあ、店の前で待ってる』

通話を切って数分のうちに自宅前に到着し、タクシーを降りる。

すると建物の前で待っていたスーツ姿の桐谷が、心配そうに言った。

「一体何があったんだ？　近くの交番じゃなく、警察署まで行くなんて」

七瀬は彼を自宅に誘い、中に入る。そして「実は」と切り出した。

「ここ最近、グルメサイトの口コミで、うちの店を中傷する書き込みが増えていたんです。コーヒーの味もそうですが、身に覚えのないことを書き込んで、店のイメージを悪くしようとしているみたいで」

「中傷？」

「はい。もう一週間くらい続いていて、あちこちのサイトで閲覧できる状態です。平川さんに『店の客足に関わることだから、きちんと対処したほうがいい』って言われて、我慢していればそのうち収まるかもしれないって考えていたのは、甘いんだって気づきました」

それを聞いた桐谷が、険しい表情で言う。

「事実無根の書き込みで店や人を中傷するのは、名誉棄損だ。一週間も悩んでいたのなら、俺に相談してくれればよかったのに」

「ご、ごめんなさい。最初はいちいちマイナスのレビューに取り合うべきじゃないと思って、スルーするつもりでいたんです。でも今日、テイクアウトで大量の架空注文が入って、金銭的な損害が出てしまって」

七瀬は今日、自分が不在のときに平川が受けた電話注文がコーヒー二十五杯という大量のテイクアウトだったこと、しかし用意して待っていたが客は現れず、連絡先も嘘だったことを説明する。

すると彼が、舌打ちしてつぶやいた。

「悪質だな。それは確かに警察に相談するべき案件だ」

「はい。警察署では、親身に対応してもらえました。弁護士に依頼して中傷した人物の情報開示をしてもらったほうがスムーズだというので、早急に探そうと思ってます」

「俺の友人に弁護士がいるから、紹介できるよ。君さえよければ、すぐにでも連絡を取る」

「いいんですか？」

桐谷の動きは迅速だった。

スマートフォンの電話帳を検索し、その弁護士だという友人の番号を呼び出した彼は、早速電話をかける。そしてざっくりと事情を説明したあと、七瀬にスマートフォンを差し出してきた。

七瀬は慌てて耳に当て、電話の向こうの人物に挨拶する。

「もしもし、こんな夜分に申し訳ありません。小此木と申します」

『初めまして、弁護士の古田《ふるた》です。桐谷とは、高校時代からの友人です』

古田は穏やかな口調で言った。

『彼から大まかな事情は伺いました。改めて詳しい事情をお聞きしたいので、お時間をいただけますか』

七瀬は彼との打ち合わせの日時を擦り合わせ、電話を切る。そしてスマートフォンを桐谷に返しながらお礼を言った。

「古田さんを紹介してくれて、ありがとうございます。わたし一人では弁護士を探すのもハードルが高かったので、すごく助かりました」

すると桐谷はこちらに腕を伸ばし、七瀬の頭をポンと叩く。彼はどこかやるせない表情で言った。

「七瀬がこれまで一人で悩んでいたのを想像すると、胸が痛くなる。君なりに自分で何とかしようとして俺には黙っていたんだろうが、頼ってもらえないのは寂しいよ。できるかぎりの手段で支えるつもりだから、何でも話してほしい」

優しい言葉に涙が出そうになり、七瀬は頷く。

「はい、……ありがとうございます」

「弁護士費用は俺が支払うから、情報開示請求でも裁判でもとことんやればいいよ。卑怯な手段で人を貶《おとし》めるような相手には、容赦する必要はない」

「そんな。わたしが自分で払うので、大丈夫です」

桐谷が「でも」と言うのを遮り、七瀬は告げた。

「本当に。……実は、両親が亡くなったときに支払われたお金がほとんど残っているんです。だから金銭的な心配はありません」

すると桐谷が、ふと口をつぐむ。

七瀬が不思議に思っていると、彼はすぐに表情を取り繕い、どこか歯切れの悪い口調で答えた。

「そうか。……でもそうしたお金は、大事に取っておいたほうがいいんじゃないかな」

「事故だったのでかなりの金額ですが、なかなか使い道がなくて。店を始めるときに少し使わせてもらいましたけど、他はほとんど手つかずのままなんです。成人したあとに叔母夫婦にわたしの養育にかかったお金を遺産から返そうとしたら、二人とも『そういうつもりで育てたんじゃない』と言って、受け取ってくれませんでした」

苦笑いした七瀬は「だから」と言い、桐谷を見上げた。

「弁護士費用は自分で出せるので、安心してください。拓人さんの言うとおり、相手の素性を確かめるために徹底的にやっても、まったく問題ありませんから」

第七章

木曜日の夕方、桐谷は今日行った打ち合わせと情報収集の内容を整理するべくパソコンを開く。

来週はクライアントMTGを予定しており、それに向けたチームメンバーごとのタスクや進行状況、報告頻度をチェックした。そうしながらも、頭の隅で今日の昼の出来事を反芻する。

久しぶりに会った友人の古田博貴《ひろき》は、高校時代の友人だ。彼は現在弁護士をしており、しばしば連絡を取り合う仲だった。

わざわざ小此木珈琲まで足を運んでもらったのは、七瀬が受けている嫌がらせに対処するためであり、彼女の希望で桐谷も面談に同席させてもらった。

一連の出来事を聞いた彼は、頷いて言った。

『なるほど、それは災難でしたね。事実無根のクレームを店を名指しで書き込むことは、信用毀損《しんようきそん》及び業務妨害として、刑法第二三三条に違反する行為です』

『業務妨害……』

『はい。嘘の情報を意図的に流し、お店の信用を失墜させて業務を妨害した場合、三年以下の懲役、または五十万円以下の罰金として処罰されます。れっきとした犯罪です』

彼は架空発注についても「民法上、相手方の不法行為が成立しますので、損害を立証した範囲において賠償請求が行えます」と説明し、それを聞いた七瀬が古田に問いかけた。

『口コミサイトの嘘の書き込みを、削除してもらうことはできるんでしょうか』

『すべてのマイナスレビューを不法行為として認定することは、表現の自由もあるので難しいと思います。でも明らかに事実無根のものや誹謗中傷とされるものに関しては、まずはプロバイダ責任制限法に則り、こちらからプロバイダーに〝侵害情報の通知書 兼 送信防止措置依頼書〟という書類を送付します』

するとプロバイダーは誹謗中傷とされる投稿を行った人物に対して書類の内容を開示し、「あなたの書き込みに削除依頼がきているが、削除してもよいか」という問い合わせを行うという。

相手が同意するか、七日間返答がない場合、プロバイダーは申請された書き込みを削除することが可能となるらしい。彼が言葉を続けた。

『誹謗中傷を行った発信者の情報開示につきましては、それぞれのウェブコンテンツの管理者には投稿者の個人情報を保護する義務があるため、被害者側がメールなどで情報開示をお願いしても応じることは基本的にありません。現在の日本の制度では、開示するのに最低二回の裁判が必要となります』

つまり弁護士が代行したほうがスムーズだと説明され、七瀬は古田に向かって言った。

『では……古田先生に、正式に依頼することは可能でしょうか』

『はい、もちろんです』

彼は現在抱えている案件が複数あるものの、桐谷と友人関係である誼《よしみ》で受けてくれたようだ。小此木珈琲を出たあとで桐谷がお礼を言うと、古田は笑って答えた。

『最近、ああいう依頼が増えてるんだよな。小此木さんの淹れるコーヒー、すごく美味しかったし、誹謗中傷で店の営業に差し支えたりするのは本当に気の毒だと思う。役に立てるように、全力を尽くすよ』

パソコンのディスプレイを見つめながら、桐谷は眉を寄せる。

七瀬から「所用で警察署に行く」というメッセージを受け取ったときは、一体何事かと思った。だが事の次第を聞くとあまりにも理不尽で、彼女が一週間ものあいだ悩み続けていたのだと思うと、それに気づけなかった自分に忸怩たる思いがこみ上げる。

（七瀬が事情を話せなかったのは、俺を完全に信頼しているわけじゃないからかもしれない。……元々嘘をついている人間なんだから、当然か）

自分が七瀬の両親が亡くなった事故の加害者の息子だという事実を、桐谷はまだ彼女に話せていない。

言えば七瀬が傷つくと思ったのが一番の理由だが、それはある意味詭弁《きべん》だ。「七瀬のため」と言いつつ、彼女に嫌われたくない、別れたくないという思いが強くあり、真実を告げられずにいる。

まるでその罪滅ぼしのように、桐谷は七瀬に一心に愛情を注いでいた。忙しくて会えない日もまめに連絡し、会えば言葉や態度で想いを伝え、彼女が楽しんでくれるようなところにあちこち出掛ける。

その甲斐あって、つきあい始めて二ヵ月近くが経つ今、七瀬は自然な笑顔を見せてくれるようになった。黙っていれば物静かな美人という雰囲気の彼女は、どこに行っても楽しそうにしてくれ、表情豊かだ。

ときおりこちらに甘えてくることもあり、そんな様子を見るたびに桐谷の中にはいとおしさがこみ上げていた。こんな穏やかな日常が、ずっと続けばいい。そう思っていたのに、小此木珈琲に嫌がらせを繰り返す人物の出現で、七瀬はひどく気落ちしている。

(口コミサイトの書き込みの情報開示までは、八ヵ月ほどかかると古田は言っていた。でも今回は架空発注の件もあるから、まずはそっちで動くと)

口コミサイトへの発信者情報開示請求を進めつつ、架空発注について警察に被害届を提出し、捜査してもらう。

それと並行して小此木珈琲の代表電話の送受信履歴を取り寄せるというのが、古田が七瀬に提示したプランだった。

(今頃七瀬は、どうしてるだろう。店に立つことが、彼女のストレスになってなければいいけど)

顔の見えない相手から悪意を向けられている現状は、精神的な負担がかなり大きいに違いない。

自分にできることは一体何だろう――そう考え、桐谷はパソコンのディスプレイを見つめる。七瀬を好きな気持ちに嘘はなく、支えになりたいという気持ちでいっぱいだ。しかしそれ以前に、言えないことを抱えたまま彼女の傍にいるのは卑怯ではないのか。そんな思いが、ずっと桐谷の心を苛《さいな》んでいた。

（俺は……）

七瀬が大切なら、そして心から信頼してほしいならすべてを話すべきだという考えがこみ上げて、桐谷は顔を歪めた。

後ろ暗いことを抱えたままで傍にいるのは、誠実ではない。話をした結果、もしかしたら彼女は自分を拒絶するかもしれないが、それはある意味自業自得だ。

桐谷が父の息子である事実は、どうしても消えない。そして真実を知りながら黙っていたことについても、七瀬が「許せない」と考える可能性は大いにある。

（もしそうなっても、仕方がない。言葉を尽くして謝罪して、俺が本当に彼女を好きだってことをわかってもらうしかないんだ）

今七瀬が抱えているトラブルが一段落したら、話をしよう――そう桐谷は決意する。

いつまでも先延ばしにしても、何の解決にもならない。だがその結果が別れになるかと思うと、胸がズキリと痛んだ。

その後、七瀬は古田に同行してもらって警察に被害届を提出し、無事に受理されたらしい。加害者を特定するのには時間がかかるのかと思ったが、急転直下で事態が動いたのは、それから一週間後のことだ。

その日、クライアント先を訪れての打ち合わせが終わった桐谷は、相手先を出てからスマートフォンを開いた。すると古田から着信があるのに気づき、彼に電話をかける。

「古田、電話をくれてたか？」

『ああ。今、話をして大丈夫か』

桐谷は了承し、通行人の邪魔にならない歩道の脇に立った。すると古田が言葉を続けた。

『小此木さんから依頼された件だけど、架空発注のことで気になることが出てきたんだ』

「気になることって、犯人がわかったのか？」

『ああ。でも俺のクライアントは彼女だから、それに先んじてお前に内容を明かすことはできない。ただ、話し合いの席に桐谷が同席したほうがいいと考えていて、それを小此木さんに提案しようと思うんだけど、どうだろう』

彼の奥歯に物が挟まったような言い方に、桐谷は困惑しつつ答える。

「もちろん今回の件については俺は部外者だから、古田が七瀬を優先するのは当然だよ。でも依頼主と弁護士同士、二人で話したほうがいいんじゃないか？　俺はあとで彼女から事情を聞けるんだし」

すると古田が「いや」と言った。

『俺はどうしても桐谷に同席してほしいんだ。じゃあ小此木さんに許可を取るために、一旦電話を切るよ』

「ああ」

通話を切った桐谷は、釈然としない気持ちを押し殺す。

彼があそこまで自分を同席させたい理由は、一体何だろう。古田は七瀬から正式に依頼されているのだから、その内容に守秘義務があるはずだ。たとえ桐谷が彼女の交際相手だとしても、同席させていいとは思えない。

そう考えながら会社に戻ると、古田から「小此木さんから、同席の許可をもらった。午後八時に小此木珈琲に来られるか」というメッセージがきていた。核心部分に関わる内容は何も書かれておらず、桐谷は了承の返事をする。

モヤモヤとした気持ちを抱えたまま仕事をし、午後七時半少し前に退勤した。会社から徒歩三分のところにある小此木珈琲に向かうと、カウンターの中にいた七瀬が声をかけてくる。

「いらっしゃいませ」

「マンデリンを、ホットで」

「かしこまりました」

店内には三人ほどの客がいて、スマートフォンや本を見ながらコーヒーを飲んでいた。

古田はまだ来ておらず、カウンターに座った桐谷は、マンデリン特有のハーブ系の風味と雑味のないクリーンな味を楽しんだ。そうするうちに客が帰っていき、桐谷だけになる。ドアが閉まって二人きりになったのを確認し、七瀬に話しかけた。

「古田に呼ばれたから来たんだけど、俺が同席してもいいのか？」

「わたしも古田さんに『話し合いの席に桐谷を同席させてほしいのですが、いかがですか』ってお願いされて、OKしたんですけど……。どうしてわざわざ拓人さんを呼んだんでしょうね」

どうやら彼女も詳細を知らされていないらしく、困惑している。

するとそのタイミングでドアベルが鳴り、古田が入ってきた。七瀬に挨拶した彼は、桐谷に対して言う。

「ごめん、わざわざ足を運んでもらって」

「うちの会社はここから目と鼻の先だから、全然構わないけど。どうして俺を呼んだんだ？」

「今、説明するよ」

彼女がカウンターの内側で作業し、古田にブレンドコーヒーを提供して席に着く。

すると彼がビジネスバッグから書類を取り出しつつ、口を開いた。

「今日は小此木さんに、ご報告があって来ました。まずはプロバイダーのほうに発信者情報開示の仮処分を申請していましたが、それが通りました。これにより、書き込みをした人物のＩＰアドレスとタイムスタンプの記録が保持され、裁判で情報開示をするために必要なログが消えてしまうのを防いだことになります」

このあとは訴訟を起こし、誹謗中傷をした人物の氏名と住所、電話番号、メールアドレスなどを明らかにする流れになるという。古田が続けて言った。

「それとは別に、僕はこのお店に対して何者かがコーヒーの架空発注をした件について調べていました。スタッフの方が『店にかかってきた電話で、テイクアウトのオーダーを受けた』と言っていたため、小此木珈琲の固定電話の送受信記録を電話会社から取り寄せるように小此木さんに依頼し、二日前にその書面をお預かりしましたよね。それがこちらです」

彼がテーブルに置いたプリントには、この一ヵ月の固定電話の送受信がリストになっている。古田が蛍光色の付箋を貼った部分を指して言った。

「架空のオーダーが入ったと思われる時間の受電が、この番号です。一八四から始まっていますから、きっとナンバーディスプレイを警戒して番号非通知にしたんでしょうね。ですが送受信記録には、その続きの番号が記されています」

確かに一八四のあと、十一桁の携帯電話らしき番号が記載されている。

古田が言葉を続けた。

「この番号から個人を特定する方法ですが、僕ら弁護士には、弁護士法第二十三条の二に基づく〝弁護士会照会制度〟というものがあります。依頼を受けた案件の証拠や資料の収集、相手方を特定するため、弁護士会の審査を通じて必要な情報の照会を求める権限が与えられてるんです」

依頼者の争いの相手方の携帯番号しかわからない場合、弁護士はその権限を使って携帯会社に契約者情報の照会をかける。

正当な理由があれば携帯番号の契約者の氏名と住所が開示され、知ることができるという仕組みらしい。

「照会の結果、小此木珈琲に電話をかけた人物の素性が割り出せました。こちらです」

彼がファイルから出したプリントを、テーブルに置く。

そこに記された名前を見た桐谷は、驚きに目を見開いた。一方の七瀬は戸惑った顔をし、口を開く。

「この名前って……」

「お前から説明したほうがいいんじゃないか？　桐谷。そのために今日、この席に呼んだんだ」

古田の言葉を聞いた桐谷は、自分が話し合いに呼ばれた意味を理解する。

おそらく彼はこの名前を見て、電話をかけた人物が桐谷の身内だと悟ったのだろう。七瀬がこわばった顔でこちらを見つめていて、桐谷はドクドクと鳴る心臓の音を強く意識する。

しばしの沈黙のあと、かすれた声で答えた。

「この〝桐谷優菜〟という人物のことは、よく知ってる。――俺の妹だ」

「えっ……」

「名前と住所はもちろん、携帯番号も同じだ。間違いない」

ポケットからスマートフォンを取り出した桐谷は、電話帳を開き、優菜の名前をタップして番号を表示する。

そこに表示されたものは書類に書かれているのと同じで、七瀬が呆然《ぼうぜん》とつぶやいた。

「これってどういうことですか？　拓人さんの妹さんが、うちの店に嫌がらせを……？」

おそらくは、そういうことなのだろう。

桐谷としても信じられない気持ちでいっぱいだが、通話履歴に番号が残っているのだから、間違いない。そのときふいに、自分が優菜に対して「今つきあっている相手は、父さんが起こした事故の被害者だ」と話したことがあるのを思い出した。

（あのとき優菜は、俺が七瀬とつきあうのに反対していた。まさかその気持ちが高じて、嫌がらせを……？）

七瀬に向き直った桐谷は、彼女に向かって深く頭を下げる。そして真摯に謝った。

「──俺の妹が君に迷惑をかけて、申し訳ない。まさかこんなことを仕出かしているなんて、俺はまったく知らなかった」

「拓人さん……」

たとえ知らなかったことだとしても、身内がやったことなのだから、自分にも責任がある。

まずするべきことは、優菜に対する事実確認だ。そして彼女から、七瀬に直接謝罪させなければならない。だがそうすれば父親が起こした事故のこと、それが原因で優菜が七瀬に反感を抱いていることをすべて説明しなければならず、桐谷の中に強い葛藤が渦巻いた。

(馬鹿か、俺は。今は自分の保身など考えている場合じゃない。とにかく七瀬に謝るのが先決だ)

躊躇ったのは、一瞬だった。

すべてを明らかにする覚悟を決めた桐谷は顔を上げ、七瀬を見つめて提案する。

「今から実家に行って、妹をここに連れてくる。そして直接申し開きをさせたいと思うが、どうだろう」

すると彼女は顔をこわばらせ、押し黙る。桐谷の隣に座った古田が口を開いた。

「今日この場に桐谷を同席させたいと小此木さんに申し出たのは、電話番号から割り出した人物が彼の身内ではないかと考えたからです。桐谷が優菜さんをこの場に連れてくれれば、彼女の真意や動機を直接問《と》い質《ただ》すことができます。ですがもし小此木さんが直接顔を合わせることに心理的負担を感じられるのであれば、僕が代わりに話を聞き、あとで小此木さんにご報告するのも可能ですが、どうしますか?」

彼の言葉に、七瀬が躊躇った様子を見せる。しばし悩んだ彼女は、やがて小さな声で答えた。

「……会います。拓人さんの妹さんに直接会って、なぜこんなことをしたのかの理由を聞きたいです」

それを聞いた桐谷は頷き、立ち上がって言った。

「わかった。妹を連れて、ここに戻ってくる。たぶん三十分もかからないと思うが、もし遅くなるようなら古田に連絡するから」

店を出た途端、少しひんやりとした夜気が全身を包み込んだ。

タクシーを捕まえるため、スーツのジャケットを翻して駅に向かって歩きながら、桐谷はぐっと唇を引き結ぶ。こんな形で七瀬に父親が起こした事故について話さなければならないことに、ひどく動揺していた。

（店に対する嫌がらせの件が解決したら、俺の口から父さんの件を話そうと決めていたが……タイミングとしては最悪だ。でも、これ以上先延ばしにできない）

この時間なら、優菜は仕事を終えて帰宅しているはずだ。電話をすると逃げられる可能性もあると思い、桐谷はあえて連絡せずにタクシーで十五分くらいのところにある実家に向かう。

目的地に到着し、タクシーが停まったところで、桐谷は運転手に向かって言った。

「すぐ戻るので、ここで待っていてもらってもいいですか？」

「ここまでの料金を先に精算していただけるなら、構いませんよ」

タクシーから降り立ち、桐谷はまだ築年数の浅い賃貸マンションの三階に向かう。

インターホンを押すと「はい」という声が聞こえ、それに応えた。

「母さん、俺だ」

『拓人？』

やがて目の前のドアが開き、中から母親の由美子《ゆみこ》が姿を現す。

彼女は驚いた顔で言った。

「どうしたの、こんな時間に。もしかして連絡くれてた？」

「いや。優菜はいるか」

「ええ。さっき帰ってきて、今はご飯を食べてるけど……」

玄関で靴を脱いだ桐谷は、大股でリビングに向かう。するとダイニングテーブルに座って夕食を食べていた優菜が、目を丸くして言った。

「どうしたの、お兄ちゃん。いきなり来るなんて」

「──お前、小此木珈琲に対して何をした？」

突然の桐谷の切り込むような問いかけに、彼女が口をつぐむ。

視線を泳がせる優菜に対し、桐谷は言葉を続けた。

「この二週間ほど、小此木珈琲のオーナーである七瀬は嫌がらせに悩んでいた。口コミサイトへの誹謗中傷の書き込みや、大量のテイクアウトを注文しながら引き取りをしない、架空発注などだ。金銭的に損害が出ているため、警察に被害届を出した上で、弁護士にも動いてもらっていた」

彼女がみるみる青ざめ、動揺した様子で問いかけてくる。

「ど、どうしてそれが、私だって思うの。何か証拠でも……」

「店にかかってきた電話は非通知だったようだが、取り寄せた通話記録に番号が記載されていた。それを元に、弁護士会照会制度を使って電話番号から所有者を割り出したんだ。――そこに載っていたのは、お前の名前だった」

遅れてリビングに入ってきた母親が、二人の間の張り詰めた空気に戸惑ったように言う。

「一体どうしたの？　弁護士がどうとか聞こえたけど……」

優菜は顔をこわばらせ、うつむいている。桐谷は彼女の手をつかみ、椅子から強引に立ち上がらせて告げた。

「お前にはこれから俺と一緒に小此木珈琲に行って、七瀬と弁護士の前で事情を説明してもらう。行こう」

「あ……っ」

「ちょっと、拓人!?」

優菜を連れてリビングを出る寸前、母が慌てて呼びかけてくる。

桐谷は彼女に向かって言った。

「詳しい事情は、あとで話す。——とりあえず優菜を連れていくから」
＊＊＊

閉店後の店内は、窓のロールスクリーンを下ろしているせいで外が見えず、壁掛け時計の秒針が規則正しい音を刻んでいる。

午後八時四十五分、七瀬は重苦しい気持ちでテーブル席の椅子に座っていた。

(この店に嫌がらせをしていたのが、拓人さんの妹だったなんて。……どうしてこんなことになっちゃったんだろう)

桐谷の妹から恨まれる理由に、心当たりは一切ない。だが架空発注だけではなく口コミサイトの書き込みも彼女の仕業なら、こちらに対して何か思うところがあるのだろう。

店の電話の送受信記録から割り出された人物が自身の妹だっと知った桐谷は、驚いた顔をしていた。七瀬に謝罪した彼は「妹をここに連れてくる」と言って店を出ていき、そろそろ三十分が経とうとしている。

いたたまれなくなった七瀬は椅子から立ち上がり、弁護士の古田に向かって言った。

「コーヒー、淹れ直しますね。もう冷めてしまいましたし」

「いえ。お構いなく」

「黙って座っていると、落ち着かないんです。わたしも飲みますから」

そんな会話をしていると、ふいに入り口のドアベルが鳴り、七瀬は視線を向ける。

そこにいたのは、桐谷と二十代半ばの女性だった。彼女はスーツのジャケットを着ておらず、着の身着のままといった風情で肘をつかまれている。

ショートボブのその顔には何となく見覚えがあり、七瀬は目を見開いた。

(あの人、このあいだコーヒーを残していったお客さん……?)

女性を連れた桐谷が店に入ってきて、七瀬に向かって言う。

「遅くなってごめん。妹の優菜を連れてきた」

七瀬は何と言っていいかわからず、その場に立ち尽くす。すると気を使った古田が、席から立ち上がって挨拶した。

「弁護士の古田です。このたびはわざわざお越しいただき、ありがとうございます」

「…………」

「今日は小此木珈琲に対する嫌がらせ行為について、桐谷優菜さんにいくつか確認したいことがあります。どうぞお座りください」

桐谷と優菜、そして七瀬が、四人掛けの席に腰を下ろす。

古田が会話を録音する了承を取り、ＩＣレコーダーのスイッチを入れた。彼が書面を提示しながら伝えたことは、先ほど七瀬に説明した内容と一緒だ。

古田が優菜を見つめ、問いかけた。

「僕が弁護士会照会制度で割り出した電話番号の所有者は、桐谷優菜さんとなっています。お名前と住所に間違いはありませんか」

「……はい」

「では小此木珈琲にコーヒー二十五杯のテイクアウトを注文し、嘘の連絡先を教えた上で引き取りに訪れなかった人物は、桐谷さんということでよろしいですか」

彼女はぐっと唇を引き結び、答えない。それを見た桐谷が、怒りを孕んだ口調で言った。

「優菜、ちゃんと答えろ。もう証拠は挙がってるんだから、言い逃れはできないんだぞ」

　すると優菜は目を伏せたまま、押し殺した声で答えた。

「……確かに、私がやりました。このお店に電話をしてテイクアウトの注文をしながら、そのまますっぽかして支払いをしなかったことに、間違いありません」

　七瀬は膝の上の拳を、ぐっと強く握りしめる。そして彼女に対して問いかけた。

「なぜ……そんなことをしたんですか？　あなたは先日、このお店に来てコーヒーを残して帰った方ですよね。わたしの淹れるコーヒーが、口に合いませんでしたか？　それに腹を立てて、嫌がらせを」

「違います」

「じゃあ、どうして……っ」

　感情が高ぶり、思わず声を大きくした七瀬を、古田がやんわり制止する。

「小此木さん、落ち着きましょう。桐谷さん、そうした行動に至った理由を説明していただけますか」

　冷静な彼の言葉に、優菜が硬い表情で何か言いかける。しかしそれより先に、桐谷が口を開いた。

「俺の口から説明させてほしい。妹は、俺と七瀬がつきあっているのが許せなくてやったんだ。十八年前の事故をきっかけに、うちの家庭が崩壊したから」

桐谷の言葉の意味がわからず、七瀬は混乱する。

「十八年前の事故って……」

すると優菜が頑なな表情で言った。

「兄の言うとおりです。十八年前に父が起こした事故をきっかけに両親が離婚し、私たちは貧乏生活を強いられました。その挙げ句、父は過労で亡くなってしまいましたが、それは全部事故の被害者であるこの人に弁済するためだったんです」

古田が怪訝な顔をし、こちらを見る。一方の七瀬も、ひどく戸惑っていた。

（どうしてこの人が、十八年前の事故のことを知ってるの？　「家庭が崩壊した」って……まさか）

ふいに心臓がドクリと音を立て、七瀬は桐谷に視線を向ける。

彼のほうもこちらを見つめていて、何かを覚悟しているような表情をしていた。それを見た瞬間、七瀬は一気にすべてのことが腑《ふ》に落ちる。

「拓人さん……拓人さんのお父さんは、もしかして」

七瀬の疑問に対し、彼が観念したように答えた。

「ああ。俺と優菜の父親の名は国原伸一といって、君とご両親が乗った車に衝突した人物だ。その後両親が離婚して、俺たちは十八年前から母方の姓である桐谷を名乗ってる」

その言葉は、七瀬に強い衝撃を与えた。

両親をいっぺんに亡くし、自身も大怪我を負った十八年前の事故のことは、今でもときどき夢に見る。何より身体に残った大きな傷痕は、長く七瀬にとってコンプレックスだった。

桐谷と優菜は、その元凶となった人物の子どもだという。しかも彼は七瀬が事故の被害者であることを、既に知っていたらしい。

(……そんなのひどい。この人が加害者の息子だと知っていたら、わたしは――)

ショックのあまり言葉が出ない七瀬の向かいで、優菜が開き直った口調で言った。

「兄が今つきあっている相手が、うちの家庭を崩壊させるきっかけとなった事故の被害者だと聞いて、私は複雑な気持ちになりました。私たちの父はこの人に慰謝料を払うために身を粉にして働き、無理が祟って事故から二年半後に亡くなったんです。母は苦労して私たち二人を育て上げ、今は臥せりがちです」

すると桐谷が彼女を見つめ、言葉を遮ろうとする。

「優菜、その辺りの事情は俺が話すから――」

しかしそんな制止を振り切り、優菜はなおも言葉を続けた。

「確かに父が起こした事故でご両親が亡くなったことについては、大変申し訳なく思っています。でも、私たちだって苦しんだんです。父が入っていた保険は対人に上限があり、『二人の命を奪い、将来のある女の子に大怪我をさせてしまったのだから、賠償としては全然足りない』と考えた父は、購入したばかりの自宅を売却して慰謝料に当てました。その結果、私たちは安アパートへの転居を余儀なくされ、貧しい生活を送ることになったんです。家族に貧しい暮らしをさせてまでお金を払い続けようとした父と、家庭を守りたい母は対立し、それから間もなく二人は離婚しました」

するとと桐谷が険しい表情になり、彼女を鋭く声を発する。

「――優菜、やめろ」

「どうして？　私がなぜこの人のお店に嫌がらせをしたか、その理由を説明してるの。この際だから、全部言わせてよ」

攻撃的な口調で言い放った優菜が兄を一瞥《いちべつ》し、七瀬に視線を戻して話を続ける。

「両親の離婚後、私たちは部活や習い事を辞めさせられて、経済的にとても苦労しました。兄が難関試験を突破して公認会計士になったのも、家計を助けるためだったんです」

「やめろと言ってるんだ。俺たちの苦労なんか、苦労のうちに入らない。父さんが一体、どれだけのことをしたと――」

桐谷の発言を遮り、彼女がなおも言い募る。

「それはわかってるけど、この人には事故の賠償金や亡くなられたご両親の保険金とか、かなりの金額が入ったはずでしょ？　それに加えて、お父さんが自分の生活を切り詰めてまで送金していたじゃない。だから駅傍の一等地に、こんなおしゃれなお店を構えることができてるんだわ」

優菜の言葉が、七瀬の胸に突き刺さる。

確かに事故の賠償金と両親の死亡保険金を合わせ、七瀬は成人後に使いきれないほどのお金を手にした。

加害者の男性から毎月お金が振り込まれていたのも、叔母から聞いて知っている。何度も弁護士を通じて断ったものの、「どうしても受け取ってほしい」と言って聞かなかったといい、手渡された通帳にはかなりの金額が貯まっていた。

（……でも）

七瀬はふつふつとこみ上げる憤りを感じながら、口を開いた。

「……あなたはわたしがそのお金を受け取って、喜んでいると？　今は悠々自適の暮らしをしていると、そう思ってるんですか」

静かな問いかけに優菜は一瞬たじろいだものの、むきになったように答えた。

「じ、実際そうでしょ。確かにうちの父はあなたの両親を奪ってしまったかもしれないけど、それで莫大なお金を手に入れたはずよ。私たちは家庭が崩壊して苦労して生きてきたのに、あなたは涼しい顔をして優雅にコーヒー店なんて営んでる。それが許せなくて、私——」

「だったら事故によって得たお金を、全部あなたに差し上げます。その代わり、両親を返してください」

震える声で告げるのを見た彼女が、口をつぐむ。七瀬は言葉を続けた。

「両親がいる日常と一生使いきれないほどのお金を手に入れる暮らし、どちらがいいかと言われたら、わたしは迷わず両親のほうを取ります。もっと一緒にいたかったし、失いたくなかった。あなたは本当に、今のわたしが恵まれた生活をしていると思っていますか？　一人生き残ったわたしがこれまでどんな気持ちで生きてきたか、本当の意味で想像したことはありますか」

店内が、しんと静まり返る。

話しているうちに高ぶった気持ちを、七瀬は深呼吸することで何とか落ち着かせた。

そしていつの間にか頬に流れていた涙を拭い、桐谷に問いかける。

「拓人さん、あなたはわたしがあの事故の被害者だと知った上で近づいてきたんですか？」

すると彼は、即座にそれを否定した。

「違う。俺は何も知らずに君に惹かれて、それで――」

「もしわたしがあなたの素性を知っていたら、好きになったりしませんでした。しかもこうして妹さんに逆恨みされて、店に嫌がらせまでされるなんて。……本当に踏んだり蹴ったり」

小さく息をついた七瀬は、やるせなく笑う。

まさかこんな展開になるとは思わなかった。心が千々に乱れてたまらず、これ以上は冷静に話せそうにないと判断した七瀬は、桐谷と優菜のほうを見ずに告げる。

「今日はもう、帰っていただけますか。妹さんが認めたこちらへの嫌がらせについては、古田弁護士と相談して今後の対応を考えます」

「七瀬、待ってくれ。俺は――」

桐谷が何か言いかけたものの、七瀬はそれを遮って声を強めた。

「優菜さんを連れて、早く帰ってください。今は一人になりたいんです」

絞り出すような声音を聞いた彼が、口をつぐむ。

やがて桐谷が椅子から立ち上がり、こちらに深く頭を下げて言った。

「妹が仕出かしたこと、そして今まで君に自分の素性について黙っていたことを謝る。

――本当に申し訳ありませんでした」

「…………」

「優菜のしたことについては、俺が責任を持って償わせる。刑事と民事の両方で、納得がいくまで罪を追及してほしい。情状酌量の余地は、まったくないから」

自分のせいで頭を下げる兄を見た優菜が、どこか不貞腐れた顔で「……申し訳ありませんでした」とボソリと言う。

七瀬が視線を向けずにいると、桐谷が彼女に対して「行くぞ」と厳しい声で言い、連れ立って店を出ていった。ドアが閉まる音を聞いた七瀬は、深くため息をつく。すると古田が、気遣う口調で声をかけてきた。

「大丈夫ですか？」

「……はい」

「すみません、僕は事情がよくわからなかったのですが、もしかして桐谷と小此木さんは、過去に何か……？」

「わたしの両親は十八年前に交通事故で亡くなったのですが、どうやらその加害者の子どもが拓人さんと優菜さんだったようです。彼女はそれで逆恨みして……わたしを」

七瀬が詳しく事情を説明すると、彼が「なるほど、そうだったんですね」と納得した顔をする。

「どちらにせよ、優菜さんの行動には何ひとつ正当性はありませんし、本人が嫌がらせ行為を認めている音声も取れていますので、正式な謝罪と賠償を求めるのは可能です。僕のほうで再度彼女と面談し、事実確認をまとめた上で、今後の対応を具体的に考えるということでよろしいでしょうか」

「はい」

今後の段取りや次回の打ち合わせの日時を決定し、古田が帰っていく。

一人店に残された七瀬は入り口の鍵を閉め、カウンターの椅子に座り込んだ。

(まさか彼女が拓人さんの妹で、わたしを逆恨みしていたなんて。事故の賠償金と両親の死亡保険金を手にしたことが、そんなに幸せに見えるの?)

優菜の言い分はあまりにも身勝手なもので、怒りの感情がふつふつと湧く。

一方で、桐谷が両親の死の原因になった人物の息子だとわかり、ショックを受けていた。

(拓人さんは、一体いつからわたしが事故の被害者だって知っていたんだろう。もしかして、身体の傷痕に責任を感じてつきあってくれていた……?)

彼の優しさが愛情ではなく〝同情〟だったかもしれないと思い至り、七瀬の心が冷えていく。

桐谷と気持ちを通わせ、互いに想い合う恋人同士になれたと思っていたのに、もしそれが義務感からくる行動だったとしたらひどい裏切りだ。

ほんの数時間前まで、彼を心から信じていた。見た目ではなく自分の本質を見て好きになってくれたのだと思い、すべてを預けてもいいくらいに好きになっていたのに、桐谷はずっと嘘をついていた。

(拓人さんはわたしと一緒にいるとき、常に憐れんでいたのかな。……「身体に傷がある女とつきあってやってるんだ」って)

彼の優しさが純粋な愛情ではなかったのだと思うと、惨めさでいたたまれない気持ちになる。

二人で積み重ねてきた時間が信じられなくなり、七瀬の目から涙が零れた。これから桐谷とどうするべきか、わからない。嫌がらせの犯人が彼の妹だったことも相まって、心がズタズタになっていた。

一人きりの店内は、音もなくしんと静まり返っていた。カウンターに肘をついた七瀬は両手で顔を覆い、涙が零れるのを感じながら、苦い思いを噛みしめ続けた。

＊　＊　＊

駅の裏通りにはセレクトショップや花屋、飲食店などが多くあり、時間的に閉まっている店はあってもそれなりに人通りがある。

小此木珈琲を出てしばらく歩いた桐谷は、足を止めて後ろを振り返った。そしてあとをついてきていた優菜に向かって、吐き捨てる口調で言う。

「お前、何てことをしてくれたんだ。勝手に逆恨みの感情を募らせて、嘘の発注で店に損害を与えるなんて。犯罪だってわかっててやったのか？」

「…………」

すると彼女は顔を歪め、ボソリと答える。

「わかってたよ。でも非通知でかけたから、ばれないと思ってた」

「そんなわけないだろう。電話会社のほうには、全部記録が残ってる」

話しながら、桐谷の中にやりきれなさが募る。

自分の妹がこんな卑怯な真似をする人間だという現実に、情けなさがこみ上げていた。何よりも七瀬を傷つけてしまったことが申し訳なく、どう償っていいかわからない。

夜風に吹かれながら、桐谷は優菜に問いかけた。

「さっきの話だけど、お前は今の七瀬が裕福で幸せな暮らしをしてると考えてるのか？　本当に──」

「だって……実際に多額のお金を手にしてるのは確かでしょ。私たちはあんなに惨めで貧しい暮らしをしてたのに、こんな一等地で優雅にコーヒー店を経営してるなんて、狡《ずる》いじゃない。お父さんはあの人への賠償を優先するために、お母さんや私たちと別れたんだよ？　挙げ句に無理しすぎて死んじゃって、そこまでしてるのにあの人は当たり前みたいな顔をしてる。そんなの許せないよ、お父さんの人生って一体何だったの？」

話しているうちに気持ちが高ぶったのか、彼女は声に切実さをにじませてこちらを見る。

父親に懐いていた優菜は、その死がどうしても許せないらしい。それを見つめ、桐谷は冷静に答えた。

「どんなふうに考えていようと、お前が七瀬に向けて発した言葉は絶対に言ってはいけないことだ。二人の命を奪い、九歳の女の子に大怪我させたのは俺たちの父親で、その事実はどうしたって消えない。彼女から奪ってしまったものに比べたら、こちらの苦労など足元にも及ばないんだ」

「……っ」

「それにあの店は、元々七瀬の祖父母の家だった建物をリノベーションしていて、わざわざ買ったものじゃない。普段の彼女はまったく派手な暮らしはしてないし、事故の賠償金として手に入れた金は、店を構えるときに少し使ったくらいだと言っていた」

七瀬の暮らしはつつましく、服装も華美なところは一切なかった。それを思い出しながら、桐谷は言葉を続ける。

「そして七瀬の身体には、事故のときに負ったひどい傷痕が残っている。服でかろうじて隠せているが、広範囲に亘る凄惨なものだ。それが原因で、彼女はかつての恋人と破局してる。それも身体を見て、『気持ち悪い、無理だ』と吐き捨てられて」

それを聞いた優菜が、ふと動揺したように顔をこわばらせる。

目まぐるしく考えている彼女を、桐谷は黙って見つめた。ここまで言われて何も感じないのなら、人として終わっている。そう思っていると、しばらく黙っていた優菜がやがて口を開いた。

「私……あの人の身体にある傷痕がそこまでひどいだなんて、知らなかった。お兄ちゃんが事故の被害者とつきあってるって聞いたときから反発心を抱いていて、職場の近所にあるコーヒー店を調べたら小此木珈琲の名前が出てきたから、あのお店を訪れたの。そしたらすごくきれいな人で、お店もおしゃれでセンスがよくて、怒りがふつふつと湧いてきた。『どうしてこの人ばかり、こんなに幸せそうなの』って」

「………」

「私たちは事故のあとに家庭が崩壊して、貧乏な生活をしていたのに。しかもお父さんはあの人のために無理をして亡くなったのに、あんなに涼しい顔をしてるのを見たら、傷つけてやりたくてたまらなくなった。でも──私が間違ってたんだね。見た目だけで判断してたけど、恋人に振られるくらいにひどい傷痕が身体にあるなら、幸せなわけがない。きっとつらい思いをしてきたはずなのに、逆恨みして……あんなこと」

ようやく彼女がわかってくれたようで、桐谷は内心ホッとする。しかし厳しい表情を崩さずに言った。

「お前が七瀬にしたことは、到底許されることじゃない。警察に被害届を出したのも本当だし、電話の送受信記録からお前の携帯番号が割り出されてるんだから、罪を免れるのは難しいだろう。お前が人としてしなければならないことは何か、よく考えてくれ」

タクシーに乗り込み、優菜を実家まで送る。

待っていた母親に事情を話すと、彼女は驚きに息をのみ、娘の頬を強く叩いた。

「あなたは、何てことを……。よりによってあの事故の被害者に、逆恨みで嫌がらせをしたですって？　そんなことをして、お父さんが喜ぶと思うの」

「……ごめんなさい」

打たれた頬を押さえて優菜が泣き出し、母親が厳しく叱責を始める。

それを横目に、桐谷は実家を辞した。そしてスマートフォンを操作し、七瀬に電話をかけたものの、彼女は出ない。「話がしたい　これからそっちに行っていいかな」とメッセージを送ったが、それにも既読がつかなかった。

（……駄目か）

七瀬がこちらを拒否するのは、当然だ。

桐谷は彼女が父親の起こした事故の被害者だと知りながら、二ヵ月近くそれを黙っていた。話をする機会はいくらでもあったはずなのに、「知れば七瀬が傷つく」と理由をつけ、回避していた。

そんな自分に、彼女は強い不信感を抱いている。電話やメッセージに反応しないのは、七瀬自身が気持ちに折り合いがついていないからだろう。

そう考えた桐谷は、今夜中に彼女と話をするのを諦め、自宅に帰った。するとしばらくして優菜からメッセージが届き、母から厳しく叱責されたこと、今さらながらに自分の行動が犯罪行為で間違っていたのを自覚し、強い罪の意識がこみ上げていることなどが綴《つづ》られていた。

それに対し、桐谷は弁護士との面談ですべてを包み隠さず話すこと、七瀬に誠心誠意謝罪することを促すメッセージを作成し、返信する。

そして翌日、仕事を終えたあと、閉店間際に小此木珈琲を訪れた。店に入ると、ちょうど最後の客が会計をして帰っていくところで、こちらを見た七瀬が表情を硬くする。桐谷は彼女に対し、明朗な声で告げた。

「――話がしたい。少し時間をもらっていいかな」

七瀬は無言でこちらを見つめたあと、目を伏せて閉店準備を始めた。

入り口横の黒板をしまい、ドアに〝closed〟の札を下げる。窓のロールスクリーンをすべて閉めた彼女が戻ってきて、テーブル席に向かい合って座った。

桐谷は七瀬に対し、深く頭を下げた。

「改めて、謝らせてほしい。俺の妹がこの店に嫌がらせをしていたこと、本当に申し訳ありませんでした。それだけじゃなく、昨日あいつは君に失礼な発言をした。許せないと考えて当たり前だと思う」

「…………」

「君にもうひとつ、謝らなければならないことがある。俺は七瀬が父の起こした事故の被害者であることに、二ヵ月ほど前から気づいていた。君の苗字が元々〝谷川《せがわ》〟で、両親が交通事故でいっぺんに亡くなったと聞いたとき、ピンときたんだ。でも――それをずっと、話せなかった。自己保身だと思われても仕方がないし、誠実ではなかったと思う」

するとそれまで黙っていた七瀬が、静かに口を開いた。

「……この店に嫌がらせをしていたのが拓人さんの妹だったことは、正直ショックでした。彼女の動機がわたしへの逆恨みだったのも、許せないし理不尽だと感じます。でも、謝罪も賠償もあなたではなく優菜さん本人にしていただくことですから、今後この件について拓人さんの干渉は不要です」

淡々とした口調に戸惑い、桐谷は彼女を見つめる。

今まで聞いたことがない事務的な言い方に、心がヒヤリとしていた。七瀬が表情を動かさずに言葉を続けた。

「それからあなたが国原伸一さんの息子だった件についてですが、なぜ今までわたしに話さなかったんですか？　二ヵ月なら、わたしたちがつきあってきた期間すべてということですよね。ずっと黙っていて、良心の呵責《かしゃく》はありませんでしたか」

「それは……常にあった。本当は、すぐに話すべきだと考えていたんだ。しかし言えば君が傷つくと思い、先延ばしにしているうちに、こんなに時間が経ってしまった」

だがいつまでも黙っておけないという気持ちが日増しに募り、七瀬が抱えているトラブルが解決したら話そうと考えていた。

それを聞いた彼女が、頑《かたく》なな表情になって言った。

「今さら取り繕うのは、やめにしませんか？　拓人さん、あなたはわたしが事故の被害者だと知ったとき、こう思ったんでしょう？『父親が起こした事故のせいで、身体にこんなにひどい傷痕が残ってる。そんなかわいそうな女を、見捨てることはできない』って」

「――――」

　思いがけない言葉を投げつけられ、桐谷は束の間絶句する。

　しかしすぐに身を乗り出し、強く反論した。

「そんなことはない。もしかして君は、俺が同情で今までつきあっていたと思ってるのか？　俺が七瀬を好きなのは、本当だ。君の内面や努力家なところ、柔らかな笑顔に心惹かれて、ずっと一緒にいたいと考えていた。身体の傷は痛々しいとは思ったが、俺にとってはマイナス点ではない。傷痕があろうとなかろうと、七瀬の価値は微塵も変わらないと思ってる」

「口ではどうとでも言えます。わたし、以前から考えていたんです。拓人さんがわたしに過剰なまでに優しいのは、どうしてなのかって。でもあなたが国原さんの息子だと知って……腑に落ちました。傷痕のせいで男女交際もできない、そんな女を憐れんでつきあってくれてたんだって」

　七瀬が泣きそうなのをこらえる顔で、こちらを見た。

「結局のところ、愛情ではなく〝義務〟だったわけですよね。それなのにわたしは、拓人さんのことを信じて……何もかもを預けられる人だと思ってしまった。気持ちが通じ合っていると思い込み、ずっと一緒にいられるかもしれないとまで考えて……そんな自分が滑稽《こっけい》で、今は恥ずかしくて仕方がありません」

彼女の語尾が震え、涙が零れ落ちる。

それを見た桐谷は、自分の行動がいかに七瀬を傷つけたのかを悟った。テーブルの上の手をぐっと握り、彼女に対して必死に訴える。

「違う。本当のことを言えなかったのは、真実を知れば君は俺との別れを選択するんじゃないかと思ったからだ。俺は七瀬と、別れたくない。君を一人の女性として愛してるから」

「そんなの、信じられません。こうして事が明るみに出なければ、拓人さんはずっと自分の素性を黙っているつもりだったんでしょう？　そもそもあなたが両親が亡くなるきっかけになった人の息子だと知っていたら、わたしは絶対につきあいませんでした」

きっぱりと言いきられた桐谷は、返す言葉を失《な》くす。七瀬が涙に濡れた目でこちらを見た。

「両親の命を奪ったこと、わたしの身体に消えない大きな傷をつけたことは、どれだけお金をもらっても贖《あがな》えるものではありません。それは拓人さんのお父さんが家庭を犠牲にしてまでわたしに送金し続け、無理が祟って亡くなったと聞いても、まったく揺るがないんです。そういう意味では、この件に関してわたしと拓人さん、そして優菜さんが同じ価値観で語り合うことは、永遠にないと思います」

絞り出すような口調から彼女の苦悩が伝わってきて、桐谷の胸が痛む。

七瀬にこんなことを言わせてしまっている自分に、忸怩たる思いがこみ上げていた。

顔を歪めた桐谷は、絞り出すような声で言った。

「君がそういうふうに考える理由は、よくわかる。優菜はあんな身勝手な発言をしていたが、俺の考えは七瀬と同じだ。世の中には、お金では贖えない罪が確実にあるんだと思う」

「…………」

「七瀬を苦しませたくない気持ちは本当だが、でもあえて言いたい。これからも傍にいて、俺に償いをさせてくれないか？　君の中の不信感が消えるまで、どんなことでもする。俺の持っているものも時間も、全部捧げて構わないから」

するとと七瀬は視線を落とし、静かに答えた。

「……無理です」

「七瀬、俺は――」

「どうしても、無理です。拓人さんといると、わたしはずっと事故のことを思い出してしまう。両親を失った悲しみと身体に負った傷の痛みを忘れられず、『この人は、同情でわたしの傍にいるんだ』っていう気持ちを捨てられません。一緒にいるだけで楽しかったことや幸せだった記憶が、今は全部色褪《いろあ》せてしまったんです」

彼女は「だから」と言って顔を上げ、桐谷を見た。

「今日限り、わたしはあなたとはお会いしません。わたしたちは別々の道を歩んだほうが、お互いに幸せだと思います」

店内が、しんと静まり返る。

かすかにコーヒーの香りが漂う中、桐谷はテーブルを挟んで座る七瀬に向かって問いかけた。

「それは……どうしても覆らないのか？」

「はい」

「俺は君を愛してる。誰よりも、何よりも大切に思ってる。それでも？」

彼女が頷き、目を伏せる。

その目から新たな涙が零れ落ちるのが見え、こうして決断を下すまでにきっととても苦しんだのだろうと思うと、痛々しい気持ちになった。

長い沈黙のあと、桐谷は断腸の思いで口を開いた。

「わかった。――七瀬の言うとおり、俺は君と金輪際会わない。別れたいという意思を受け入れる」

「………」

「優菜の件についても、今後は古田にすべて任せて俺は一切口を挟まない。彼女にはきちんと罪を償うように話をしておくから、君が納得いく形で対応してくれ」

するとしばらく沈黙したあと、七瀬が小さな声で言う。

「わたしの連絡先を……拓人さんのスマートフォンから消していただけませんか？登録されたままだと落ち着かないので」

「………。わかった」

ポケットからスマートフォンを取り出した桐谷は、彼女の連絡先と通話アプリのIDをすべて消去する。それを見届けた七瀬が、こちらを見ずに告げた。

「今までありがとうございました。拓人さんの今後のご活躍を、陰ながらお祈りしています」

「君も。こんな俺とつきあってくれて、本当にありがとう。――じゃあ」

席を立った桐谷は、ビジネスバッグを手に小此木珈琲をあとにする。

外に出ると、湿り気を帯びた夜気が足元を吹き抜けた。藍色の空には星がきらめき、近くの飲食店の前で大学生とおぼしきグループが何やらにぎやかに話している。

往来には車が行き交い、世の中はいつもどおりの平和な雰囲気だ。しかし桐谷の心にはやるせなさが渦巻き、駅へ向かう道の途中で足を止めて、片手で口元を覆った。

「……っ」

七瀬と別れることになった現実が、苦しくて仕方がない。

自分の素性やそれを彼女に告げなかったこと、そして妹の優菜が逆恨みから悪質な嫌がらせをしたことを考えれば、こうした結末になったのは当然だといえる。

いつも丁寧にコーヒーを淹れ、柔らかな笑顔で提供してくれる七瀬が好きだった。性格が真面目で浮ついたところがなく、身体の傷のせいで恋愛を諦めていたからかひどく初心で、打ち解けてから見せるようになった素直な表情も可愛らしかった。

こちらに甘えるしぐさには全幅の信頼がにじんでいて、それを裏切ってしまったことに申し訳なさが募る。七瀬が過去につきあっていた相手に憤り、「自分は絶対に彼女にそんな思いはさせない」と心に誓っていたのに、実際は誰よりもひどく傷つけてしまった。

（そんな俺が苦しむなんて、おこがましい。七瀬のほうが、こっちの何倍もつらい思いをしてるはずなんだから）

立ち止まった桐谷は、小此木珈琲の建物を振り返る。

外の照明が消えた店は、ロールスクリーン越しにぼんやりとした灯りが見えた。今頃彼女は、泣いているだろうか。できることなら引き返して、抱きしめたい。言葉を尽くして自分がいかに七瀬を愛しているかを伝え、別れるという決断を撤回したい。

だがそんなことをすれば余計に苦しませてしまうのは目に見えていて、桐谷は顔を歪めた。

（俺は……）

身の内を苛む喪失感と痛みは、時間の経過と共に薄れていくのだろうか。

今はどうしても、そうは思えない。だが受け入れるしかないのだと自分に言い聞かせ、桐谷は目を伏せる。

ぬるい風が、かすかな音を立てて足元を拭き抜けていった。しばらくその場に立ち尽くしていた桐谷は、やがて駅に向かってうつむきがちに歩き出した。

第八章

エスプレッソには、ドリップコーヒーと比べて大きく二つの違いがある。

ひとつ目が、焙煎度合いの違いだ。浅煎りや中煎りで豆本来のフルーティーさを味わうこともあるドリップコーヒーに対し、濃厚な苦味や強い存在感が求められるエスプレッソには、深煎りや極深煎りなどの豆が使用される。

二つめの違いが挽き方《メッシュ》で、ドリップコーヒーは抽出する器具によって細挽き、中挽き、粗挽きと変えているが、短時間で抽出するエスプレッソにはパウダー状に細かく挽いた豆が向いていた。

朝の時間帯、七瀬は工房でエスプレッソ用の自家焙煎の豆を挽き、その仕上がりを確認する。するとスタッフの安達梨沙《あだちりさ》が顔を出し、声をかけてきた。

「おはようございます、店長」

「おはよう。安達さん、来るのがずいぶん早くない？」

「今日は移動販売だと思うと、楽しみすぎて。早く目が覚めちゃいました」

彼女の言うとおり、今日は市内の企業の展示会でキッチンカーによる移動販売がある。

七瀬が〝自家焙煎カフェ Serein《スラン》〟というコーヒー専門店を営む傍ら、本格エスプレッソマシンを使用して提供するコーヒーを販売する移動カフェを始めて一年が経っていた。

新人スタッフの安達はこれまで店舗業務に専念していたため、外の営業に出るのを楽しみにしていたらしい。

店にはバリスタとホールスタッフがアルバイトを含めて五名おり、以前と比べて人が増えていた。エスプレッソ用の豆を挽き終えた七瀬は、安達にキッチンカーに積み込む資材について指示したあと、一旦事務所に入る。

そしてパソコンを開き、メールの返信を始めた。するとデスクの上に置かれたカレンダーがふと目に入り、今日から七月なのを見て感慨深くなる。

(あれからもう二年経つんだ。……早いな)

——二年前の今日、七瀬は当時交際していた桐谷拓人と別れた。

公認会計士の資格を持ち、コンサルティング会社に勤めていた彼は優しく端整な容姿をしていて、理想的な男性だった。

店の客として知り合った桐谷は、その専門知識を活かして確定申告の相談に乗ってくれ、やがて交際に発展した。

(でも……)

実は桐谷は、七瀬の両親が亡くなった事故の加害者の息子だった。

彼の素性を知ったときの衝撃を思い出し、七瀬はパソコンのディスプレイをぼんやり見つめる。

(まさか拓人さんが、事故の加害者の息子だとは思わなかった。……あんなふうに偶然出会ってしまうなんて)

桐谷は交際当初からこちらが事故の被害者だと知っていたらしいが、七瀬はそんなことはつゆ知らず、彼を好きになってしまった。

大人の男性らしい落ち着きと思慮深い性格、穏やかさを感じる口調、端整な顔立ちや家事が得意なところなど、桐谷は非の打ちどころのない男性だった。

見た目のクールさとは裏腹に言葉や態度で愛情を示してくれ、実際に身体の傷痕を目にしたときも嫌悪感を示さず、一人の女性として大切に扱ってくれたことで七瀬の心はだいぶ救われたように思う。

それまで身体の傷がコンプレックスだったが、彼とつきあうことで自己肯定感が生まれ、毎日がとても楽しかった。ずっと桐谷と一緒にいたいと願い、幸せな日々が続いていくのだと信じていた。

だからこそ、事故の加害者の息子という素性を隠されていたことがショックだったに違いない。自分の父親が七瀬の両親を奪い、身体に消えない傷を残した——そんな負い目があるからこそ、桐谷は自分に優しくしてくれるのではないか。

そう思うと、彼の気持ちを純粋なものとして見られず、同情でつきあってくれているのだと考えてしまった。

（自分で見ても醜いと感じるものなんだから、拓人さんだってきっとそう思ってたはず。たぶん、わたしを傷つけないために我慢して触れてくれてたんだ）

そんな考えに取《と》り憑《つ》かれ、惨めさと恥ずかしさでいたたまれなくなった七瀬は、桐谷に別れを告げた。

一緒にいれば、常にコンプレックスと向き合うことになる。彼が自分と一緒にいるのは〝罪滅ぼし〟なのだとしか考えられず、恋愛を続けるのは到底無理だった。

桐谷は食い下がってきたものの、最終的にこちらの申し出を受け入れ、自分たちは別れた。あれから小此木珈琲に嫌がらせをしていた優菜は、口コミサイトの書き込みも自身の仕業だと認めた。

七瀬が「直接会って謝りたい」という申し出を拒んだため、彼女は弁護士の古田を通じて謝罪の手紙を送ってきたものの、最終的には自身がしたことの代償をきちんと払ってもらった。

口コミサイトの書き込みを削除するにはプロバイダーと二度裁判しなければならず、最低でも八ヵ月はかかると言われ、七瀬は考えた末に事件から一ヵ月後に小此木珈琲を閉店した。

常連客やスタッフの平川にはさんざん慰留されたが、一度ケチがついてしまったものを続ける気になれず、何より桐谷の勤務先が目と鼻の先で、彼とニアミスするかもしれない状況が苦しくてたまらなかった。

祖父母の家だった建物を売りに出したところ、リノベーションしたばかりで駅から徒歩一分という立地のよさもあり、高値で売却できた。

いい機会だと思った七瀬は、それから東京の有名な焙煎士のところに弟子入りし、約半年間を勉強に費やした。その後は地元の北海道に戻り、さらに半年の準備期間を経て〝自家焙煎カフェＳｅｒｅｉｎ〟という店をオープンして、今に至る。

店を始めた理由は、もう一度客にコーヒーを提供するという仕事に向き合いたかったからだ。並行してキッチンカーでの移動カフェを始めたのも、より多くの人に自分が淹れたコーヒーを飲んでほしいという思いからだった。

一年が経つ現在は経営が軌道に乗り、スタッフの数も増えて、忙しい日々を送っている。だがふとした瞬間に思い出すのは、桐谷のことだ。

別れを告げて以降、彼には一度も会っていない。互いの連絡先を消し、以前の住まいからも転居したため、もう接点を持ちようがないのが現状だった。

仕事の合間にこうして事務所に入ったときや、自宅で一人になったときなど、七瀬は「今頃彼は、何をしているのだろう」と考える。

元々勤めていたコンサルティング会社で、今も働き続けているのだろうか。そして新しい恋人ができて、その相手を自分にしたのと同じように大事にしているのだろうか。

（馬鹿みたい、こんなこと考えるの。……わたしから「別れたい」って言ったくせに）

別れた当初は桐谷の顔を思い浮かべるだけで苦しかったが、二年が経つ今は、楽しかったことばかりが思い出されてならない。

自分が淹れたコーヒーを口にした瞬間、彼がふと微笑むのを見るのが好きだった。一緒に料理をしたり、コーヒーの淹れ方をレクチャーしたり、何気ない瞬間に目が合ってキスをするのはささやかだがとても幸せで、ずっとこんな日々が続けばいいと考えていた。

抱き合ったときも、桐谷はこちらの身体の傷痕に対して一切嫌悪を示さず、優しく情熱的に触れてきて、愛されている実感を強く与えてくれた。

(あのとき拓人さんは、同情でわたしの傍にいてくれたのかな。それとも最後に言っていたように、わたしのことを本当に好きだった……？)

今となっては、確かめようがない。

当時の七瀬は、彼の話にまったく聞く耳を持っていなかった。何を言われても言い訳としか取れず、何も知らずに恋をしていた自分が恥ずかしくて、とにかく桐谷の目の前から消え去りたくて仕方がなかった。

冷静になってみれば、あのときの自分はとても視野が狭かったと思う。もっと落ち着いて対処すれば彼と建設的な話し合いができて、もしかしたら結末は違ったかもしれない。

だがすべては後の祭りで、七瀬はやるせなく微笑んだ。

(結局、なるようにしかならなかったんだよね。そもそも拓人さんの父親がわたしの両親の事故に関わっていた時点で、つきあうのは無理だったわけだし)

自分たちの関係は一筋縄ではいかず、あまりにも複雑すぎた。

桐谷の父親が起こした事故、そして妹の優菜の嫌がらせの件がある以上、話し合ってもきっとどうにもならなかったに違いない。

何も知らなかったときのようには振る舞うことができず、互いの間に必ずしこりが残る。だから別れるという選択は、きっと必然だったのだ。

そう結論づけ、小さく息をついた七瀬は、パソコンで少し仕事をしたあと店舗に戻った。そして午前十時過ぎに安達、そしてバリスタの佐久間祐介《さくまゆうすけ》と共にキッチンカーに乗り込み、今日の目的地に向かう。

Ｓｅｒｅｉｎの移動カフェのメニューは、飲みやすくすっきりした味わいの中煎りブレンドと、苦味やコクが味わえる深煎りブレンドを柱に、シングルオリジンを四種とカフェラテ、アイスコーヒー、フレーバーラテなどを数多く揃え、他にパニーニやホットドッグ、焼き菓子といった軽食も出す。

コーヒーの提供はもちろん、自家焙煎の豆やドリップバッグの販売もしており、三人で手分けをしてもてんやわんやの忙しさだった。

朝からよく晴れている今日は強い日差しが降り注ぎ、アイスコーヒーがよく売れる。笑顔で接客しながら、七瀬は充実感を味わっていた。

（今日も売り上げの目標額に到達できそう。天気がよくてラッキーだったな）

そんなことを考えていると、客が途切れたタイミングで隣に立つ佐久間が口を開く。

「今日は深煎りのアシコのアイスコーヒーがよく売れてますね」

七瀬はエスプレッソマシンに飛んだ飛沫《ひまつ》を布巾で拭きながら、頷いて答えた。

「アイスだと、やっぱり苦味があるのが飲みたいのかもね。アシコはダークチョコレートみたいな甘みと余韻が癖になる感じだし、美味しいと思った人たちがリピーターになってくれたらいいな」

彼はＳｅｒｅｉｎがオープンしたときからのスタッフで、七瀬の二歳年下だ。

他店でバリスタの経験があり、口数は多くないものの安心して仕事を任せられる。最近は焙煎についてよく質問してきて、二人で新入荷の生豆を使っていろいろ試し、意見を交換することもあった。

企業の展示会は盛況で、スーツ姿の人々が多く会場を行き交っていた。何気なくキッチンカーの外を眺めていた七瀬は、ふと一人の男性の後ろ姿に目を引き寄せられる。

（えっ……？）

スラリとした長身の男性は、顔こそ見えないものの、長い手足や醸し出す雰囲気が桐谷によく似ていた。

「……っ」

考えるより先に、身体が動いていた。

七瀬は「店長？」という安達の呼びかけを聞きながらキッチンカーから飛び出し、会場内を見回す。しかし先ほどの人物は見つけられず、呆然とした。

（さっきの人は、やっぱり拓人さん？　それとも見間違い……？）

こんなところに、桐谷がいるはずはない。

何しろここは、彼の職場から車で一時間以上離れた場所だ。七瀬がキッチンカーまで戻ると、安達が驚いた顔で問いかけてきた。

「一体どうしたんですか？　いきなり飛び出していって」

「あ……知人に似ている人がいたの。でも、違ったみたいで」

朝に桐谷のことを考えていたから、見間違えてしまったのだろうか。

そんなふうに考え、七瀬は諦めの悪い自分に苦笑いする。

（もしあれが拓人さんだったとして、わたしは呼び止めて一体どうするつもりだったの？　……自分から「もう会わない」って言ったくせに）

たとえ道端で偶然見かけることがあっても、七瀬は彼に話しかける権利はない。

こちらから別れを切り出し、桐谷は自身の気持ちを抑えてそれをのんでくれたのだから、彼との関係はもう完全に断たれているのだ。

そう自分を納得させようとしたものの、展示会の会場で見かけた後ろ姿が目に焼き付き、いつまでも脳裏から離れなかった。

夕方にキッチンカーの仕事を切り上げた七瀬は、店に戻る。そして午後七時の閉店までカウンター内で作業をし、スタッフたちが次々と退勤していくのを見送って、ようやく一人になってホッと息をついた。

(馬鹿みたい、あの人が拓人さんかもしれない可能性について、いつまでも考えてるなんて)

二年前の今日、別れを切り出した七瀬に対し、桐谷は自身の気持ちを根気よく伝えてくれた。

だが七瀬は頑なな態度を取り、ろくに彼の話を聞かなかった。あの日以来一度も連絡を取っていないのだから、桐谷の中での自分はとうに過去の人間になっているに違いない。

(でも、もしまた会えたら――)

もしもう一度話す機会があったら、彼は何を語るだろう。そして自分は、それにどう答えるべきなのか。

それを想像すると、ひどく落ち着かない気持ちになった。かすかにコーヒーの残り香が漂う店の中、七瀬はカウンターの中に立ち尽くし、しばらく物思いに沈み続けた。

＊　＊　＊

たくさんの人が行き交う展示会の会場の中、ふと鼻先を豊潤なコーヒーの香りがかすめた気がした。

かつて嗅いだことがあるのに似たそれに興味を引かれ、桐谷は人混みの中で足を止める。すると隣を歩く秘書の宮原聡美《みやはらさとみ》が、眼鏡の奥で眦《まなじり》を強くして言った。

「駄目ですよ、社長。次の予定があるんですから、急ぎませんと。もし道が混んでいたらどうするんですか」

彼女の言うことは、もっともだ。このあと予定しているクライアント先への訪問は、四十分後に迫っている。

今訪れている建設機械業のC社は社員数九十八名、売り上げが五十五億円の企業で、経営と事業戦略の策定を依頼してきていた。

内容は企業競争力診断と成長戦略立案、中期経営計画策定支援やＩＲ戦略の対応などで、かつて桐谷が大手の総合系コンサルティングファームに勤めていたという評判を聞き、わざわざ仕事を依頼してきている。

桐谷がDコンサルティングアドバイザリーを退職し、独立開業する形で株式会社Axiom《アクシオム》コンサルティングを立ち上げてから、約半年が経っていた。

現在は以前担当していた大口クライアントが数社、それ以外に紹介された中小企業や今回のように評判を聞きつけて依頼してきた企業など、複数の案件を請け負っている。

社員は桐谷以外に公認会計士が二名、そして秘書の宮原だけという小さなオフィスだが、依頼は着々と増えており、スタッフを増やすことを真剣に検討していた。

管理職だった前職と同様に、プロジェクトリーダーとして部下に仕事を割り振り、ひとつひとつの案件に事務所総出で取りかかっている状態のため、日々多忙を極めている。

今日はクライアントへのヒアリングのために訪問していたが、「外で展示会をやっているので、少し見ていきませんか」と誘われ、会場内を見学していた。しかし次の予定の時間が差し迫り、担当者の前を辞して今に至る。

宮原に急《せ》かされて駐車場へと向かいながら、桐谷は先ほど嗅いだコーヒーの匂いに過去の記憶を呼び起こされていた。

(そういえば、今日で二年になるのか。……早いな)

桐谷が恋人だった小此木七瀬と別れて、今日で二年になる。

コーヒー店のオーナー兼バリスタだった彼女とは、桐谷が店に通ううちに恋に落ちた。ほっそりとしてきれいな容姿や柔らかな笑顔、仕事に対する真面目な姿勢に心惹かれ、時間をかけて口説き落とせたときは天にも昇る気持ちだった。

だが自分の父親が起こした事故のせいで七瀬の両親が亡くなり、彼女の身体にも消えない大きな傷痕を残したのだと気づいたときから、少しずつ歯車が狂い始めていた。

話をするきっかけを見つけられないままつきあい続け、妹の優菜が店に対してした嫌がらせをきっかけに真実が明るみに出たとき、桐谷が罪滅ぼしと同情で自分とつきあっていると考えた七瀬は、こちらに別れを切り出してきた。

それはまったくの思い違いで、桐谷は純粋に彼女を愛していたが、頑なになった七瀬は聞く耳を持ってくれなかった。

状況的に考えれば、無理もないことだ。両親の命を奪った人間の息子と、何もなかったような顔をして恋愛ができるわけがない。父親が犯した罪を知る桐谷が七瀬とつきあえば、それが身体に残った傷痕への贖罪だと解釈してしまうのは当然のことだった。

だが実際はそんな気持ちは微塵もなく、桐谷は伝わらない想いを抱えながら、「別れたい」という彼女の申し出を受け入れるしかなかった。

(もっと早く真実を告げていれば、何か違ったのかな。いや、どちらにせよ俺の素性が明らかになれば、七瀬を傷つけていた気がする)

それに加え、妹の優菜が逆恨みで小此木珈琲に対して嫌がらせをしたことも、頭が痛かった。

のちに彼女は自分のしたことを反省し、七瀬に直接謝罪したい旨を申し出たものの、それは弁護士を通じて拒否された。被害届も取り下げられず、相応の罰を受けることになったが、当然の報いだと思う。

事実を知った桐谷の母も同じ気持ちだったようで、「情けない」と言って泣いていた。

『あなたの仕出かしたことは、お父さんの気持ちをすべて無にするものよ。あの人は自分の油断が招いた事故を悔いて、「生き残った娘さんには、一生かけても償いきれない」ってよく言ってたわ。まだ九歳の甘えたい盛りにご両親を亡くして、身体にも消えない傷が残って、もしかしたら結婚にも差し支えるかもしれないことをすごく気に病んでいたの。それなのに』

優菜はその後の裁判で、執行猶予つきの有罪判決を受けた。

彼女のしたことを改めて七瀬に謝罪したかったが、「もう二度と会わない」と言って別れた以上、連絡もできない。

それでも、駅から会社までの道のりに小此木珈琲があることで、間接的にでも七瀬の気配を感じられるだけでいいと思っていた。しかし別れてから一ヵ月後、突然店が閉店してしまい、桐谷はショックを受けた。

(あれほど繁盛していた店がいきなり閉店するなんて、やっぱり優菜の嫌がらせのせいか？　……それとも、俺の勤務先が目と鼻の先だからだろうか)

もしかしたら、その両方かもしれない。

祖父母の家である古い物件をリノベーションした建物は、店舗も住宅部分もスタイリッシュで洗練されていて、彼女は気に入っていた。そこをわずか一年で手放したのだから、七瀬はよほどあそこに住みたくなかったのだろう。

それから通勤で建物の前を通るたびに〝売り店舗〟という貼り紙が目に入って、桐谷は苦しくなっていた。駅から徒歩一分という好立地のおかげですぐに買い手がつき、新しく洋食屋がオープンした頃、桐谷はDコンサルティングアドバイザリーを退職して独立開業することを決めた。

その後、準備期間を経て桐谷が株式会社Ａｘｉｏｍコンサルティングを立ち上げてから、約半年が経つ。今は社長として多忙な日々を送っていて、プライベートはほとんどなく、自宅には寝に帰るだけだ。

だが折に触れては七瀬のことを思い出し、「今頃何をしているのだろう」と考えていた。インターネットで〝小此木珈琲〟を検索してみたところ、かつての店舗が閉店したというデータしか出てこず、移転したのではなく店自体を辞めてしまったのがわかる。

バリスタとして確かな腕を持ち、いつも楽しそうに接客していた彼女が、店の経営を辞めてしまった――その事実は、桐谷の心にずっと抜けない棘《とげ》のように引っかかっていた。

どこで何をしているのか確かめたい気持ちがあるが、別れたときに連絡先を消したため、それもままならない。店舗兼自宅からも転居してしまった今、彼女との繋がりはすべて絶たれてしまった。

（七瀬に会うのは、もう不可能なのかな。あれだけ魅力的なんだから、とっくに新しい彼氏ができていてもおかしくない）

そう想像し、桐谷の胸はシクリと痛む。

出会った当初の彼女は身体の傷を理由に恋愛を諦めていたが、本当に心惹かれれば そんなのは些末なことだ。きれいな顔立ちで性格も素直な七瀬は、仕事に対する姿勢が真面目で、彼女をいいと思う男性は必ずいるに違いない。

今頃そうした相手と幸せに暮らしているかもしれないと考える一方、もしかしたら一人でいる可能性も考え、桐谷の胸が締めつけられる。

(もう一度会えたら、話がしたい。過去の出来事に対する謝罪と、今も俺が七瀬を忘れられずにいることを)

先ほどはかつて七瀬の店で飲んだのに似たコーヒーの香りが鼻先をかすめ、つい足を止めてしまった。

彼女と別れて以降、桐谷はそれまで半ば趣味のようになっていたコーヒー店巡りをやめた。行けば彼女が淹れたものと比べてしまうのがわかっているため、現在は駅前のチェーン店に行くのがせいぜいだ。

(でも、さっきの店のなら飲んでみたかったな。……惜しいことをした)

それから十日ほど、クライアントとのＭＴＧや調査業務、チームミーティングなどで瞬く間に時間が過ぎた。

社長である桐谷は多忙で、秘書の宮原と一緒に出掛けることが多い。水曜日の午後四時半過ぎ、桐谷はクライアント先に向かうべく街中を車で移動する。

しかし途中で事故があったらしく、道が渋滞していた。

「困りましたね。午後五時のお約束までに間に合えばいいんですけど」

運転席でハンドルを握る宮原がそうつぶやいて、桐谷は後部座席から答える。

「あと五分経ってもこの通りから出られないようであれば、相手先に電話して遅れるかもしれない旨を説明しよう」

動けない時間を利用し、膝の上でノートパソコンを開いた桐谷は、メールの返信を始める。

そして何気なく顔を上げて窓の外を見ると、ビルの前でキッチンカーを停めてコーヒーを販売している店があった。

白いパラソルを立てた外国製のワゴン車は、車体がマットなグレーに塗装され、ドア部分に店名のロゴが黒くプリントされている。

メニューが書かれているらしい黒板を車の前に置いていて、数人の客が並んでいるのが見えた。桐谷が渋滞で停車した車内から見ていると、キッチンカーの中からスタッフらしい一人の女性が出てくる。

茶色いボタンダウンシャツとスキニーパンツ、黒いサロンエプロンを着け、同じ素材の黒いキャップを被った彼女は、車の横に設置したゴミ箱の中身を片づけようとしていた。

その顔が目に入った瞬間、桐谷は驚きに目を見開いた。

（……えっ？）

清楚に整った顔立ちは、二十代半ばか後半に見える。

昔は後ろで結んでいたセミロングの髪がボブになっていて、毛先が肩口で揺れていた。細身の体型は相変わらずだが、エプロンと帽子の色が違うだけで、だいぶ印象が変わって見える。

思わず身を乗り出し、ドアロックを外して外に出ようとしたものの、ちょうど車が緩やかに走り始めたところだった。咄嗟《とっさ》に運転席のヘッドレストをつかんだ桐谷は、宮原に向かって言う。

「停めてくれ！」

すると突然の大声に驚いた彼女が「えっ」と声を上げ、慌てた口調で答えた。

「無理ですよ。今やっと動き出したところですし、後ろからも車がたくさん来てますから、停車することは難しいです。それにすぐにS社さんに向かわないと、お約束の時間に遅れてしまいます」

彼女の言うことはもっともで、桐谷はぐっと言葉に詰まる。

道の先ではようやく事故車のレッカーが終わり、渋滞していた車がスムーズに進むよう警察官が誘導していた。

キッチンカーがいた方向を窓から見つめつつ、桐谷は目まぐるしく考える。

（さっきのは……確かに七瀬だった。店のロゴが以前と違っていたが、もしかして店名を変えて営業してるのか？）

一瞬のことで、店名をはっきりと確認できなかったのが悔やまれる。

今すぐ車を降りて彼女の元に行きたい気持ちがこみ上げたものの、そうできないのがもどかしかった。

だがこの辺りで営業しているのなら、また来れば会えるはずだ。そう考え、S社との打ち合わせの帰りに通ってみたが、既に営業が終了したのかキッチンカーはいなかった。

「ならば」と考え、翌日の昼間に同じ場所を訪れてみたものの、やはりいない。ビルの警備員に「昨日このビルの前で営業していた、キッチンカーの店名を知りたい」と問い合わせたものの、老齢の彼は「ちょっとわかりませんね」と言って首を横に振る。

念のために周囲を歩いてみたが見つけられず、桐谷はじりじりとした思いを持て余した。

（落ち着け。市内にいることはわかってるんだから、移動販売をしているコーヒーの店を探せばいい。虱潰《しらみつぶ》しに当たっていけば、いつか彼女に辿り着けるはず）

わずか一瞬の出来事だったが、七瀬の姿を目撃したことは、桐谷にとって幸いだった。

今までコンタクトを取りたくても取れなかったのに比べれば、まだコーヒーに関わる仕事をしているという情報は、大きなヒントになる。

（俺は、もう一度七瀬に会いたい。――会って話がしたい）

二年前と同じくらい、いやそれ以上に、彼女を想っている。

たとえ自分たちの間に問題が山積していようと、時間をかけてひとつひとつ取り除いていきたい。その労力を惜しまないほどに、桐谷の中で七瀬への想いは強くなっていた。

そのためには、彼女の行方を突き止めるのが先決だ。降り注ぐ日差しは強く、気温がじわじわと上がって、盛夏を思わせる陽気となっていた。

暑さを感じた桐谷は手をかざして目を細め、逸《はや》る気持ちをじっと押し殺した。

第九章

ビルの一階に入る〝自家焙煎カフェ　Ｓｅｒｅｉｎ〟はクールでスタイリッシュな外観だ。

店内の壁にはモダンアートが飾られ、抑えた音量でジャズがかかっていて、コーヒーの香りが漂っている。

月に数回の頻度で変わるコーヒーのラインナップは、昨日から二種類のシングルオリジンが加わった。エチオピア・アラモの浅煎りはベリー系のフルーティーな酸味が特徴で、コーヒーとは思えないほどフレッシュな味わいが特徴だ。

もうひとつのグアテマラ・エルインヘルトは中煎りで、全体的に丸みがありつつもきれいな酸味を感じる、飲みやすいものになっている。

午後二時、店に新作の焼き菓子の試食品を持ってやって来た平川知世が、カウンターに座ってエチオピア・アラモを一口飲んで言った。

「んっ、これ、すごく爽やかですね。コーヒーでこんなにすっきりとした飲み口は新鮮かも。美味しい」

「よかった」

彼女は以前、小此木珈琲でパティシエ兼ホールを担当してくれていた人物だ。

七瀬はSereinを始める際、平川にまたスタッフとして手伝ってほしいと考えていたものの、ちょうど彼女が妊娠中でそれは叶わなかった。

だがパティシエである平川は「お店には出られませんけど、焼き菓子の提供なら協力できます」と言い、現在は週に二回、アイシングを掛けたパウンドケーキや紅茶とオレンジピールのスコーン、チョコとクランベリーのマフィン、数種類のクッキーなど、いかにもSNS映えしそうなフォトジェニックなお菓子を納品してくれている。

ベビーカーに乗せた生後七ヵ月の赤ん坊はスヤスヤと寝息を立てており、七瀬はそれを見つめて微笑んだ。

「真由《まゆ》ちゃん、ぐっすりだね。また少し大きくなった?」

「毎日一緒にいるとわからないけど、そうかも。最近離乳食を始めたんですよ」

「そうなんだ」

店のスタッフが代わるがわるベビーカーを覗いては、「可愛い」と相好を崩す。

カウンターの中で作業をする合間、平川と世間話に興じながら、七瀬は「自分がこんなふうに子どもを持つことはないんだろうな」と考えていた。

（拓人さんとつきあっていたときは、「いつかは結婚するのかも」ってチラッと考えてた。でも、今はもうそんな気にはならないや）

この二年間、仕事で知り合った男性にアプローチされたことは数回あった。

だが七瀬は「今は仕事に集中したいので」と言い、そのすべてを断っている。本当の理由は桐谷を忘れられていなかったこと、そして身体にある傷痕だが、いちいちそれを説明する気にはなれなかった。

すると平川が、カウンターに肘をついてカップを持ちながら言う。

「店長は、最近どうなんですか？ 彼氏とか」

「全然。そういう気にならないし、お店と移動カフェで手が一杯だから」

「もしかして、まだ引きずったりしてます？ 二年前の公認会計士さんのこと」

鋭く切り込まれ、七瀬は苦笑いして答える。

「もう終わった話だよ。彼のほうも、とっくに新しい彼女がいるんじゃない？」

「別れた理由って、彼が誹謗中傷の犯人のお兄さんだったからですよね。あの人個人としては、誠実ですごくいい人そうに見えたんだけどなー。つきあってたときの店長も、楽しそうだったし」

確かに楽しかった。

一緒にどこかに出掛けるのも、家で過ごすのもどちらも楽しくて、今となってはいい思い出しかない。

ミルに付着した微粉を刷毛で払い落としながら、七瀬は笑って言った。

「実はこのあいだ、移動カフェでS社の展示会に行ったとき、似ている人を見かけたの」

「えっ、声をかけました？」

「ううん。すぐに見失っちゃって、本人かどうかもわからなかったし」

それを聞いた彼女が、がっかりした顔でため息をつく。

「えー、残念。確かに一度は別れた相手ですけど、今会ったらまた違った感じで話せるかなあとか思いません？」

「どうだろうね」

やがて目を覚ました真由がぐずり出し、立ち上がった平川が「また来ますね」と言って帰っていく。

午後七時に営業が終わったあと、七瀬は事務仕事のために店に残っていた。すると「焙煎機を貸してください」と言って工房にいた佐久間が、ノックして事務室に入ってくる。

「店長、もしよかったら焙煎の具合を見てもらえませんか」

「うん、いいよ」

彼が焙煎したのは、ブラジル・サントゥアリオ スルだ。

小さな器に入れられた豆の色からすると、焙煎はやや浅めで、サイズは普通からやや小さめであることがわかる。香りを確かめてから湯気の立つカップの中身を飲んだ七瀬は、頷いて言った。

「うん、浅めの焙煎だけど酸味はきつくなくて、あとから出てくる甘みがいいね。飲みやすくて、すごく美味しい」

「ありがとうございます」

しばし焙煎についてあれこれと話し合い、カップの中身を飲み終える。

七瀬は佐久間に向かって言った。

「佐久間くん、そろそろ帰ったら？　わたしはもう少し事務仕事をやっていくけど」

「店長が終わるまで、待ちますよ」

「大丈夫だよ、気を使ってくれなくて。帰りは車だし」

帳簿の入力を再開しようとすると、彼がふいに思いがけないことを言う。

「今日、平川さんと話していたのを聞いたんですけど」

「ん？」

「店長、前の彼氏と何かトラブルがあって別れたんですか？」

七瀬は眉を上げ、苦笑いして答えた。

「トラブルっていうか……二年前、わたしが小此木珈琲っていうお店をやってたのは知ってる？」

「はい」

「お店をオープンして一年が経つ頃に、口コミサイトで誹謗中傷されたり、テイクアウトを大量注文して支払いをすっぽかされたりっていうことがあったの。それで弁護士に頼んで調べてもらったら、当時つきあっていた人の妹がやったことがわかって」

それを聞いた佐久間が、眉をひそめて言った。

「彼氏の妹が犯人って、店長が自分の兄とつきあってるのが気に食わないとか、そんな感じですか？」

「うん。それでその人とは別れて、お店も閉めちゃった」

本当はもっと深い事情があったが、あえて軽くそう言うと、彼がなおも言葉を続ける。

「店長が今誰ともつきあっていないのは、その前彼が忘れられないからじゃないかって平川さんが言ってましたけど」

「ううん、そんなことない。もうとっくに終わった話だし、向こうだってきっとそう思ってるよ」

実際はまったく思いきれていないものの、七瀬はあえて笑って煙に巻く。すると佐久間が「じゃあ」と言った。

「俺が店長に、告白してもいいですか」

「えっ」

「一年前、この店に入ったときから好きでした。バリスタとしての腕前はもちろん、焙煎に関する知識や接客態度が尊敬できますし、スタッフに対する扱いも公平で、経営者としても堅実です。いつもニコニコしているところや、髪や爪に手入れが行き届いているところも、女性らしくて好感度が高いです」

パソコンデスクの椅子に座ったまま、七瀬は困惑して彼を見上げる。

そして内心「困ったことになった」と思いながら口を開いた。

「あの、佐久間くん。平川さんにも言ったけど、わたしは今お店と移動カフェで手がいっぱいで――だから」

「俺は店長と同じバリスタなので、話が合うと思います。現に仕事のあと、焙煎についていろいろ二人で試すのは、すごく楽しかったですし」

「それは……」

それは自分も同じだ。

焙煎はやる人によって仕上がりが異なり、それを見せてもらうのはいい刺激になる。だがこれまで佐久間を異性として見たことはなく、同じ職場の部下である彼とつきあう気にはなれない。

そう思い、七瀬は意を決して顔を上げた。

「佐久間くんの気持ちはうれしいけど、おつきあいはお断りさせて。今わたしは、そういう気持ちになれないし」

「店長が関係をオープンにしたくないなら、他のスタッフにはばれないようにします」

「そういうことじゃなくて……」

「経営者として一人でスタッフたちの生活を支えて、お客さんに最高のコーヒーを提供するために毎日妥協せずに頑張っている。そんなあなたを、俺が傍で支えたいんです」

佐久間の真っすぐな視線と言葉が胸に突き刺さり、七瀬は図らずもドキリとする。

普段はさほど口数が多くない彼が、言葉を尽くして気持ちを伝えてくれているのがわかり、さらりと話を流そうとした自分が恥ずかしくなった。

七瀬は躊躇った末、佐久間を見上げて答える。

「佐久間くんがそんなふうに思ってくれてたなんて、今まで知らなかった。……ありがとう」

「………」

「佐久間くんが真剣に話してくれたから、こっちも本当のことを話すけど。わたしの身体には、子どもの頃の交通事故でついたひどい傷痕があるの。それを見せたくないから、誰ともつきあう気はない。だから……ごめんなさい」

七瀬が謝ると、彼がかすかに眉を上げる。

「でも、二年前までは彼氏がいたんですよね」

「うん」

「その人には見せたんですか？　傷痕を」

佐久間の問いかけに、七瀬はぎこちなく答える。

「うん、まあ。彼はそれを『気にしない』って言ってくれたから」

父親が起こした事故のせいで罪悪感を抱き、無理をしていたのかもしれないが、七瀬の前での桐谷は傷痕に対する不快感や嫌悪を一切見せなかった。

するとそれを聞いた佐久間が、あっさり言う。

「じゃあ俺も、気にしません」

「そんな簡単に言わないで。傷はかなり広範囲でひどい状態だし、見たら必ずショックを受けるレベルのものだから、誰にも見せたくないって言ってるの。……絶対『気持ち悪い』って思われるから」

語尾がかすかに震え、七瀬はぐっと唇を引き結ぶ。

自身のコンプレックスを口にするのは、今も慣れない。できれば詳細を話したくないため、これで納得してほしいと切に思う。

だが次の瞬間、彼が口にしたのは思いがけない言葉だった。

「傷痕に関しては、気持ち悪いとは思いません。俺も同じなので」

「えっ？」

「これを見てください」

そう言って佐久間は、突然制服のボタンダウンシャツに手を掛け、脱ぎ始める。

七瀬は驚いて「ちょっ、何を……」と言いながら制止しようとするが、彼は止まらない。

やがてあらわになった上半身を見た七瀬は、息をのんだ。佐久間の左肩から上腕にかけては、赤紫のまだらな傷痕がある。彼が淡々と説明した。

「これは俺が二十歳のとき、バイク事故で負った傷です」

「バイク事故……」

「半袖だと腕の傷痕が見えてしまうので、いつも下に黒いインナーを着ています」

確かに去年の夏、佐久間は半袖の服のときに必ずインナーを着ていた。

傷痕は七瀬の身体にあるものよりは幾分ましだが、それでも充分ひどい。彼は元どおりにシャツを着てボタンを留めながら、こちらを見つめて言った。

「俺は交通事故の恐ろしさや治療のつらさ、それに身体に傷痕があるコンプレックスも全部理解できます。だから『傷痕は気にしない』と心から言えますし、店長とつきあうのには最適だと思いますけど、どうですか」

＊　＊　＊

市内にあるH社は創業四十年の建設会社で、創始者である社長が五年後の勇退を決め、息子に継がせたいという意思を示している。

そのため、組織再編と事業継承を円滑にするべくＡｘｉｏｍコンサルティングに依頼してきていた。

具体的な内容としては許認可と経営事項審査、現場への影響を考えた組織再編と株式移転などで、まずは現状把握のために綿密なヒアリングを重ね、その後提案と見積もりを出すという流れになっている。

オフィスでパソコンに向かう桐谷は、前日のインタビューの内容を資料に起こしていた。そうしながらも、他のプロジェクトの進捗度合いをチェックし、メンバーに適切な指示を出す。

仕事が一段落した昼休み、自身のデスクでサンドイッチを頬張りながら桐谷が検索しているのは、市内をキッチンカーで移動販売するコーヒー店だった。

検索してみるとさまざまな店があり、絞り込めない。仕事の合間に近場の店から訪れ、スタッフに「ここに小此木七瀬という人はいるか」と問いかけているが、これまで三店舗行って空振りだった。

（移動販売というのが、きついな。日によって遠出しているときがあるから、そこまで出向かなきゃいけないし）

何より仕事が多忙なため、時間を捻出するのに苦労している。

だが、どうしても諦めたくない。七瀬を捜し出し、もう一度話がしたい――その一心で行動していた。

ちなみにかつて小此木珈琲の案件を担当した弁護士である古田に連絡を取ってみたところ、「あの一件以来、小此木さんとはつきあいはない。そして桐谷が自分の友人だとしても、彼女の個人情報については一切口外できない」と言われてしまった。

(守秘義務があるんだから、当然だよな。もし今もつきあいがあるなら、近況などをチラッと聞けたらと思っていたが、甘かったか)

昨今の個人情報保護も、人捜しのネックだ。

いきなりやって来た見知らぬ男に「ここに小此木七瀬という人はいるか」と聞かれても、不審に思ったスタッフは素直に答えないかもしれない。

ならば自分の目で見て確かめるしかないということになり、前途多難だった。だが捜し続ければ、いつかは辿り着くことができるに違いない。

そう自分を鼓舞し、仕事が休みの土曜日、桐谷は諸々の雑務を済ませた午後からネットで調べたコーヒー店の出店先を回った。

そもそも現在の七瀬がやっているのが移動販売だけなのか、それとも他に店を構えているのかも、わかっていない。砂の中から砂金を探すような気持ちになりながら、桐谷はインターネットで検索したビルの前や商業施設などを三軒回る。

結局何の手掛かりもなく終わり、夜は翌日に行く場所をピックアップした。そして日曜、朝から車に乗り込んだ桐谷は、市内の美術館と大きな公園などを回る。

外はよく晴れ、午前中から気温がぐんぐん上がっていた。夏の空は抜けるように澄んでいて、白い雲がまばらに浮かんでいる。強い陽光を遮る木々は青々と葉を茂らせ、ときおり吹き抜ける風に枝を重たげに揺らしていた。

公園の噴水では小さな子どもが歓声を上げながら水遊びをしており、水面《みなも》が陽光をキラキラと反射するのがきれいだ。それを眺めながらベンチに座った桐谷は、疲れをおぼえて小さく息をついた。

(何だか滑稽だな。休みの日を潰して、二年前に別れた彼女を血眼《ちまなこ》になって捜し続けてるなんて)

ほんの一瞬見かけただけの七瀬を、何日も捜し続けている。

見つけたところで、彼女が自分と話をしてくれる保証はない。自分たちの間に横たわる事情と二年前の別れ方、そして当時の七瀬の様子を思えば、こちらに二度と会いたくないと考えていてもおかしくなかった。

(それでも、俺は……)

複数の鳩が目の前で首を揺らしながら歩く様子を、桐谷はぼんやり眺める。

やがてどのくらいの時間が経ったのか、気持ちを切り替えて立ち上がった。

(このあとは北区《きたく》と東区、二軒くらいは回れるかな。これで駄目だったら、今度はイベントに出店している店を調べてみよう)

車を停めたコインパーキングは、ここから歩いて五分くらいのところだった。

横断歩道が赤信号になり、立ち止まった桐谷は、ふいに鼻先をコーヒーの匂いがかすめたのに気づく。

豊潤なその香りは、かつて嗅いだことのあるものによく似ていた。「一体どこから匂いがしているのだろう」と考えて視線を巡らせると、先ほど通ったときには何もなかったビルの敷地内に、車体がマットなグレーに塗装されたキッチンカーが停まっている。

(あれは――……)

白いパラソルを差したその車のドア部分には、〝Serein〟という店名が黒いロゴで入っていた。

それは先週の月曜に街中で見たものと同じに見え、桐谷の心臓がドクリと跳ねる。

インターネットで調べたときは、今日あのビルに移動販売のコーヒー店が来ることは何も書かれていなかった。

信号が変わるまでの時間を、やけに長く感じた。速まる胸の鼓動を感じながら青になるのを待ち、桐谷は横断歩道を渡ってその店に歩み寄る。

近くに行くにつれ、辺りに漂うコーヒーの匂いが強くなっていた。キッチンカーの前にはメニューが記載された黒板が置かれ、二種類のブレンドとシングルオリジンが四種、カフェラテ、アイスコーヒー、フレーバーラテなどがあるのがわかる。

先に並んでいた若いカップルが会計を済ませ、それぞれが透明のプラスチックカップに入ったアイスコーヒーを手に去っていった。キッチンカーの中にいた二十代後半の男性店員が、桐谷の姿を見て声をかけてくる。

「いらっしゃいませ」

桐谷はメニューを見るふりをしながら、車の中をさりげなく窺った。

受け取り口の周辺には、コーヒーとのペアリングを推奨しているらしい焼き菓子が所狭しと並べられ、スタイリッシュなパッケージの自家焙煎の豆やドリップバッグも販売されている。

中の作業スペースにはエスプレッソマシンやハンドドリップ用のポット、ガラス瓶に入ったコーヒー豆が見え、意外に広いのがわかった。

（七瀬の姿が見えない……いないのか？）

するとふいに男性の背後から店のロゴ入りの黒いキャップを被った女性が現れ、彼に向かって話しかけた。

「佐久間くん、紙袋のストックってどこにしまったっけ」

「左の棚です」

彼女の顔を見た桐谷は、目を瞠る。

艶やかな栗色の髪は二年前より短くなり、肩口で揺れていた。茶色いボタンダウンシャツを着た体型はほっそりしていて、首元に華奢なデザインのネックレスがきらめいている。

透明感のある白い肌ときれいに整った顔立ちは、捜し求めていた人物に間違いない。

桐谷は彼女を見つめ、思わずつぶやいた。

「……七瀬」

それが聞こえたらしい彼女が驚いたようにこちらを向き、息をのむ。

そして信じられないという顔でつぶやいた。

「……拓人さん」

＊＊＊

今日の予想最高気温は三十度で、移動カフェがオープンする午前十一時には既に汗ばむ陽気となっていた。

キッチンカーでの移動販売は週二回ほどで、ときどきイベントなどの声がかかれば随時応じている。日曜である今日は、街中の大きな公園に面したビルの敷地内での出店だった。店舗のほうと同様に、コーヒーのラインナップはシングルオリジンが二種類新しくなり、七瀬はそのとおりに黒板の内容を書き換える。

そうしながらも、キッチンカーの中で作業をする佐久間の様子をチラリと窺った。

彼から告白されたのは、閉店後に事務仕事をしていた昨日の夜の話だ。

（まさか佐久間くんも、身体に傷があっただなんて。バイク事故でついたものだって言ってたけど……）

その傷痕を見せてきた佐久間は、「傷痕に関しては、気持ち悪いとは思いません。俺も同じなので」「だから『気にしない』と心から言えますし、店長とつきあうのには最適だと思いますけど、どうですか」と語った。

それを聞いた七瀬はとりあえず返事を保留し、今に至る。

（確かに他の人に比べたら、佐久間くんはわたしの気持ちが理解できるのかもしれない。傷痕に対するコンプレックスは、きっと普通の人は理解できないから。……でも）

これまで七瀬は、彼を異性として意識したことはなかった。

サイフォンでコーヒーを淹れるのを得意とする佐久間は仕事が丁寧で、バリスタとしての技術は高い。愛想よく話すわけではないものの、受け答えは落ち着いていて、顔立ちもそれなりに整っている。

年齢は二つ年下の二十七歳だが、浮ついたところがない佐久間はとても優秀なスタッフだった。つまり交際相手として考えたとき、彼はかなりの優良物件だ。仕事でわかり合える部分が多く、公私に亘ってパートナーになれるような気がする。

だがそうしていい部分を羅列しながらも、七瀬は佐久間との交際に踏みきるという決断ができずにいた。理由は、心の中にまだ桐谷がいるからだ。二年前に別れた彼のことを、いまだに思いきれずにいる。

（馬鹿だな、わたし。拓人さんにはもう会えないんだから、想い続けたってどうしようもないのに）

しかし他の人を想いながら佐久間とつきあうのは、あまりにも失礼だ。

時刻を確認すると、移動カフェのオープンまであと十分ほどあった。今日キッチンカーにいるのは七瀬と佐久間だけで、他のスタッフはいない。

七瀬は黒板を書き上げ、それを脇に置く。そして佐久間に向かって言った。

「佐久間くん、ちょっといいかな」

「はい」

「昨日の話だけど、わたしのことを『傍で支えたい』って言ってくれて、うれしかった。……ありがとう」

「……………」

「でも申し訳ないけど、お断りさせて。わたしはあなたとおつきあいすることはできない。――ごめんなさい」

彼の目を真っすぐに見て告げると、佐久間が真顔になって問いかけてくる。

「それは、身体の傷痕が原因ですか？　俺は気にしないと言ったはずですけど」

「その気持ちは、すごくうれしい。一晩考えて、わたしが誰かとつきあう気になれないのは、身体の傷の他に大きな理由があるからだって気づいたの。それは前につきあっていた人を、今も忘れられていないから」

するとと彼はかすかに眉をひそめて言った。

「でも、その人とはもう連絡は取れないんですよね？」

「うん」

「だったらどうしようもないじゃないですか。俺は店長の心の中にその人がいても、丸ごと受け入れます。いつか俺のことだけを見てくれるように努力しますから」

「悪いけど、それは望んでない。彼はわたしの中で今も大切な人で、たとえ二度と会えなくても無理やり消し去ろうとは思わないの。今までは『忘れなきゃ』って自分に言い聞かせていたけど、昨日佐久間くんと話してるうちにわかったんだ。わたしはきっと、彼のことを覚えていたいんだって」

七瀬は「だから」と言って彼を見上げ、言葉を続ける。

「いつか自然に忘れるまで、彼のことはそのままにしておくつもり。佐久間くんとは今までどおりに、仕事を通してつきあっていきたいと思う。駄目かな」

こちらをじっと見下ろしていた佐久間は、七瀬の表情に迷いがないのを感じ取ったのか、小さく息をつく。そしてボソリと言った。

「そうやって真っすぐな目で言われたら、駄目とは言えません。これでも決死の覚悟で告白したんですけど」

「うん。ごめんね」

「気長に待つと言っても駄目ですか？」

「佐久間くんは、他の人に目を向けたほうがいいよ。わたしはもしかしたらずっと彼を忘れないかもしれないし、そういうのは正直言って重い」

きっぱりした七瀬の言葉に苦笑いした彼は、ようやく頷いた。

「わかりました。でも、仕事のときは今までどおりに接してください」

「うん、わかった」

佐久間への申し訳なさは心の中にあるものの、七瀬はこの件は終わったものとして捉え、開店準備を再開する。

やがて午前十一時になると、早速若いカップルがコーヒーを買いに訪れた。フレンチプレスで淹れた深煎りのアイスコーヒーを提供したあと、七瀬は紙袋を使いやすいところに出しておこうと考え、ストックを探し始める。

「佐久間くん、紙袋のストックってどこにしまったっけ」

「左の棚です」

そのとき外でメニューが書かれた黒板を眺めていた男性客が、こちらを注視する。

そしてポツリとつぶやいた。

「……七瀬」

自分を下の名前で呼ぶ男性は、限られている。

ましてやこんなところで思い当たる人物はおらず、驚いてそちらを見ると、そこにいたのは思わぬ人物だった。

(えっ……?)

紺のサマーニットの首回りから白のインナーをチラリと見せ、グレーのパンツを穿いた彼は、二年前より幾分髪がすっきりしている。

高い鼻梁と切れ長の目元は涼やかな印象で、男らしい太さの首元に仄《ほの》かな色気があった。服装はシンプルであるものの、腕時計は存在感のあるものを着けており、さりげなく高級感を漂わせている。

その端整な顔立ちはこれまでずっと忘れられなかったもので、七瀬は呆然とつぶやいた。

「……拓人さん」

なぜ彼が、ここにいるのだろう。

思わぬ再会に、七瀬はすっかり動揺していた。心臓がドクドクと速く脈打ち、手のひらにじっとりと汗がにじむ。咄嗟にキッチンカーの奥に逃げ込もうとすると、桐谷が咄嗟に声を上げた。

「――待ってくれ」

「……っ」

「話がしたい。少し時間を取ってもらえないか」

そっと受け取りカウンター越しに彼の顔を見つめると、切実な色を浮かべた眼差しに合う。

それを見た途端、胸が強く締めつけられた。七瀬は目まぐるしく頭を働かせ、やっとの思いで答える。

「今は、営業中なので……昼休みなら」

「何時？」

「い、一時です」

「じゃあその頃に、向かいのビルの一階にあるカフェにいる。……ああ、ここで何か買わないと」

桐谷が「深煎りブレンドを、アイスで」とオーダーしてきて、七瀬は緊張しながら作る。透明のプラスチックカップに入れた商品を手渡すと、会計を済ませた彼が「ありがとう」と言って受け取った。

「じゃあ、あとで」

「は、はい」

それから二時間ほどを、七瀬は落ち着かない気持ちで過ごした。

桐谷がこの店を訪れたのは、偶然なのだろうか。新しい店名には自分の苗字は入っていないため、パッと見は繋がりがわからないはずだ。

何よりわざわざ話しかけてきた彼の意図がわからず、緊張で胃がキリキリしてくる。

するとそれを見た佐久間が言った。

「大丈夫ですか?」

「う、うん」

「あの人、店長の元彼ですか。すごいですね、二年間音信不通だったのに、ここには偶然来たのかな」

「どうだろ。店名では、わたしが経営する店だってわからないはずだけど」

自分に告白してきた佐久間にすれば、今の状況は複雑だろう。そう考え、七瀬は彼に謝罪する。

「あの、何だかごめんね。仕事中なのにプライベートを持ち込んじゃって」

「別に気にしないでください。向こうから来たんですすし」

佐久間は「それより」と言って、こちらを見た。

「せっかくの機会なんですから、ちゃんと話してきたほうがいいですよ。二年間忘れられなかったんだから、いろいろ伝えたいことがあるんですよね?」

「うん」

自分の気持ちを抑えて背中を押してくれようとする彼を、七瀬は「いい人だな」と思う。

佐久間の言うとおり、これはチャンスだ。桐谷がどういうつもりで「話がしたい」と言ったのかはわからないが、少なくともこちらの気持ちを伝える機会を得たことになる。

やがて午後一時になり、七瀬は休憩に入った。そしてエプロンと帽子を外すと、道路を挟んで向かい側にあるカフェに向かう。

昼過ぎの店内はそこそこの混み具合で、七瀬はアイスティーをオーダーして客席を見回した。すると窓際の席に座る桐谷の姿があり、緊張しながらそこに向かう。

「お待たせして、すみません」

「いや」

彼はアイスカフェラテを飲んでおり、中身が半分ほど減っていることから、しばらく前からここにいたのがわかる。

七瀬が落ち着かない気持ちで目を伏せると、桐谷が口を開いた。

「――久しぶり。二年ぶりだな」

「……はい」

「元気だった？」

思いのほか優しい声音で話され、七瀬はぐっと胸にこみ上げるものを感じた。

（……拓人さんの声だ）

つきあっていた当時は、低く穏やかなこの声がとても好きだった。そんなふうに考えながら、七瀬は表情を取り繕って答える。

「はい。拓人さんは？」

「俺も元気だ。今は前の会社を退職して、自分でコンサルティング会社を経営してる」

七瀬は驚きながらつぶやいた。

「……すごいですね」

「まだ公認会計士が二名と秘書しかいない、小さなオフィスだけど。かつての顧客が新規案件を紹介してくれたりして、何とかやってるよ」

桐谷が一旦言葉を切り、改まった口調で言った。

「──君に、二年前のことを謝りたいと思っていた。俺の妹が逆恨みから嫌がらせをして、本当に申し訳ありませんでした。身内として情けなく思ってる」

「あ、あの、お顔を上げてください」

深々と頭を下げられた七瀬は、慌てて彼に向かって告げる。

「あれはもう、済んだ話です。こちらは被害届を取り下げず、拓人さんの妹さんは相応の罰を受けました。わたしは対応をすべて弁護士さんにお任せして、あのあと嫌な思いをすることはありませんでしたし、きちんと賠償を受け取りましたから」

「でも、あの事件のせいで君は小此木珈琲を閉めたんだろう？　店舗兼自宅も売りに出して」

職場が目と鼻の先だったため、桐谷は閉店したことにすぐ気づいていたらしい。七瀬はやるせなく笑って言った。

「……あの場所でお店を続けることが、つらくなってしまったんです。口コミサイトの書き込みを消すのは最低でも八ヵ月かかると言われて、お客さんがずっとそれを目にするのだと思うと、苦しくて。ならばいっそすべてをリセットしたほうがいいと考えて、店を閉めて焙煎の修行のために東京に行きました」

そこでコーヒー豆の焙煎についてみっちりと勉強し、今は新しい店を始めて上手くいっているのだから、結果オーライだ。

七瀬がそう言うと、彼は真剣な表情で続ける。

「謝りたかったのは、それだけじゃない。俺は自分の父親が事故の加害者であることを、ずっと黙っていた。君との関係に波風を立てたくないという気持ちからしたことだけど、結果的に信頼関係にヒビを入れるような、極めて利己的な行動だったと思う。許してほしい」

七瀬は桐谷の顔を、じっと見つめる。

彼が「話をしたい」と言った理由は、やはり謝罪だったのだろうか。たまたま街中でこちらの姿を見つけてしまい、真面目な彼は素通りすることができなかったのかもしれない。

そんな失望に似た気持ちを感じながら、口を開いた。

「それももう、済んだ話です。謝罪は充分していただきましたから」

「充分だとは、とても思えない。俺はあのとき君と別れることになったのを、ずっと後悔していた。もっと食い下がって、許してもらえるまで言葉を尽くすべきだった。そうすれば君を手放すことにはならなかったのかもしれないと、そんなことばかり考えて」

「……拓人さん」

七瀬の頬が、じんわりと熱くなっていく。

彼の口ぶりは、まるで今もこちらを特別に想っているかのようだ。桐谷の顔立ちは相変わらず端整で、目を合わせられると心臓の鼓動が高まる。

これだけの容姿で、しかも難関の資格を持っているのだから、すぐに別の女性とつきあい始めてもおかしくないと考えていた。だが彼は二年前の七瀬との別れをずっと後悔し続け、そういう相手はいなかったらしい。

(本当はこのお店に来てすぐ、拓人さんの左手に指輪がないのを見てホッとしてた。だってわたしも、この人のことが忘れられなかったから)

溢れそうになる思いをこらえていると、その表情をどう思ったのか、桐谷がやるせなく微笑んで言う。

「いきなり現れた俺にこんなことを言われた君が、困惑する気持ちはよくわかる。実は一週間ほど前、街中を車で走っているときに君の姿を見かけたんだ。キッチンカーで移動販売をしているコーヒー店で、一瞬のことだったけど間違いないと思った」

「えっ」

「そのときは車を停められなくて通り過ぎてしまったが、どうしても会いたいという気持ちを抑えきれず、行方を捜した。ネットでそれらしい店を検索して、仕事の空き時間や休みの日を利用して、市内を回って」

七瀬は驚き、小さく問いかける。

「じゃあ、今日も……？」

「ああ。朝から二軒ほど回って空振りで、パーキングに戻ろうとしたところ、いつか嗅いだ覚えのあるコーヒーの香りがした。一体どこから匂いがしてるんだろうと思ったら、グレーの車体のキッチンカーがあって、君を見つけた」

彼がずっと自分を捜してくれていたのだとわかり、七瀬は信じられない思いでいっぱいになる。

しかも桐谷がコーヒーの香りに惹かれて店を見つけたというのも、こちらの気配を察知してくれたかのようでうれしかった。

七瀬は目が潤むのを感じながら、彼を見つめて言った。

「わたしも……拓人さんに、会いたかったです。『今頃どうしてるんだろう』って、折に触れて思い出していました」

「本当に？」

「はい。別れた当時は、妹さんのことや拓人さんのお父さんのことでなかなか気持ちの整理がつかず、視野が狭くなっていました。お店に嫌がらせをした動機が『事故の賠償金で、豊かな生活をしてるからだ』って言われたとき、本当に傷ついたし許せなかった。賠償金を全部あげるから両親を返してほしい、わたしの身体の傷痕も全部消してって……どうしようもないことを考えて」

「当然だよ。優菜は君に対して、言ってはいけないことを言った。両親の離婚で俺たちは苦労をしたかもしれないが、君が舐めた辛酸には比べようがない」

桐谷は「それに」と言葉を続けた。

「君が被害届を取り下げず、優菜に相応の罰を与えたのは、当然だと思ってる。本人も自分のしたことを心から反省していて、あの件について君を恨んでいるとかは一切ない。だから安心してほしい」

優菜が反省していると聞き、七瀬はわずかながら安堵する。

あのときの自分の対応が間違っていたとは思わないが、まだ優菜に恨まれているかもしれないと考えると、やはり気持ちが重かったからだ。

七瀬は再び口を開いた。

「あれから店を閉めて、東京で焙煎の勉強をしたりと環境が変わるうち、だんだん落ち着いて物事を考えられるようになりました。わたしとつきあっていたときの拓人さんは、とても誠実な人に見えた。そんな人が、実はわたしが自分の父親の起こした事故の被害者だと知ったとき、一体どう考えるだろうって想像したんです。きっと償いのために、わたしをとことん甘やかそうとするんじゃないか——そう思うと、過剰なまでに優しかったことにも、説明がつく気がしました」

「それは……」

桐谷が何か言おうとしたものの、七瀬はそれを遮って言葉を続ける。

「自分の父親がしたことに責任を感じていたら、そうするのは当たり前ですよね。でもあのときのわたしは、『本当は身体の傷痕を気持ち悪いと思っていたのに、罪悪感から無理して触れてくれていたんじゃないか』って、卑屈なことを考えてしまいました。そうすると、何も知らずに愛されている気になっていた自分が、すごく恥ずかしくなって……。拓人さんの目の前にいることがどうしても苦しくて、別れるという決断をしたんです」

するとそれを聞いた彼が、痛みを感じたような表情になる。七瀬は微笑んで言葉を続けた。

「なのに離れてみると、楽しかったことばかりが思い出されるんです。つきあい始めるまで、拓人さんがどれだけ言葉を尽くしてわたしの気持ちを解してくれたか、根気強く信頼を積み重ねてくれたかを思うと、全部が嘘ではなかったのかもしれないと考えるようになりました。もう二度と会う機会はないのに、自分からそういう選択をしたのに、いつしか強く思っていたんです。――『会いたい』って」

語尾が震え、涙がポロリと零れ落ちる。それを見た桐谷が、目を瞠ってつぶやいた。

「七瀬……」

「わたしたちの間に問題がいくつもあるのは、わかっています。拓人さんのお父さんがわたしの両親の死の原因となったことは、動かしようのない事実です。妹の優菜さんについても、いくら謝罪して罪を償ってもらったとはいえ、しこりが残っていないと言ったら嘘になります。でも……拓人さんを好きな気持ちを、どうしても捨てられないんです」

「俺も同じだ。自分の父親が犯した罪を考えれば、七瀬の傍にいる資格がないのはわかっていた。でも気がついたときには強く心惹かれていて、手放したくないくらいに大切な存在になっていたんだ。君が俺と別れたいと考えるのは当然だと思ったから断腸の想いで受け入れたけど、ずっと忘れられずに心の中に在り続けていた」

七瀬は小さな声で、彼に問いかける。

「だから、街中で一瞬だけ見かけたわたしを捜して……？」

「ああ。見つかるまで、市内のコーヒー店を虱潰しに当たろうと考えていた。そして出会えたら、二年前のことを謝罪した上で伝えようと思っていたんだ。俺は今も君を愛していて、一緒にいたいと思ってる。そのためにはどんなことでもするつもりだって」

テーブルを挟んで向かいに座った桐谷が、腕を伸ばして七瀬の手を握る。彼の手は大きく、二年ぶりに触れる体温がじんわりと沁《し》みた。桐谷が真摯な口調で言う。

「お互いに同じ気持ちなら、また新たに始めてみないか？　俺は父親と妹のしたことに、逃げずに向き合い続ける。七瀬の心を癒やせるようにどんなことだってするから、恋人として傍にいてほしい」

七瀬は彼の顔を、じっと見つめる。

桐谷の言葉は誠実で、胸に響いた。一緒にいれば、彼の父親や妹を意識せざるを得ないかもしれない。

だがそれ以上に桐谷を好きだという思いが強く、離れがたい気持ちがこみ上げてたまらなかった。

七瀬は泣き笑いの顔で答えた。

「はい。わたしも拓人さんと……一緒にいたいです」

するとそれを聞いた彼が目を見開き、心からホッとしたように表情を緩める。

「よかった。諦めずに、君を捜した甲斐があった」

七瀬の胸に、じわじわと喜びがこみ上げた。

もう二度と会えないと思っていた桐谷と再会し、こうして気持ちを通い合わせることができた。それが得難いほどの幸運に思え、目が涙で潤む。

しかし自分はまだ勤務中で、すぐにキッチンカーに戻らなくてはならない。七瀬は涙を拭い、彼に向かって言った。

「あの、わざわざ来ていただいたのに申し訳ないんですけど、わたしはすぐ仕事に戻らなきゃいけないんです。今日はスタッフが二人だけで、オーダーが立て込むと大変なので、昼休憩でもキッチンカーにいなきゃいけなくて」

「ああ、わかってる。俺は今日休みだから、夜に改めて会いたいと思うんだけど、どうかな」

仕事が終わる時間に迎えに来ると言われ、七瀬は慌てて店の住所と自分の連絡先を教える。

そして席から立ち上がり、桐谷に向かって告げた。

「じゃあ、すみませんけど、これで」

「うん。仕事、頑張って」


それから夜までのあいだ、七瀬はふわふわと落ち着かない気持ちで過ごした。

午後七時の閉店のあとに片づけをし、外に出る。すると黒の高級車が道路脇にハザードランプを点灯させて停まっていて、七瀬はそれに歩み寄った。

「お待たせして、すみません」

「いや。新しい店は、前のところからずいぶん離れてるんだな」

「叔母の家の近くでたまたまいい物件があったので、ここに決めたんです。今度よかったら、コーヒーを飲みに来てください」

桐谷が車で向かったのは、街の中心部だった。

予約していたという寿司屋で食事をし、この二年間の出来事をお互いに語り合う。

七瀬の店のスタッフがバリスタとホール担当を含めて五名いると聞くと、彼は「前より規模が大きいんだな」と感心していた。

やがて店の外に出ると、桐谷がこちらを見下ろして言う。

「このあとは、俺の家に連れていきたい。いい？」

「は、はい」

ドキリと心臓は跳ねたものの、七瀬は精一杯何食わぬ顔で返事をする。

彼の自宅は以前住んでいたのと同じタワーマンションで、懐かしい思いで足を踏み入れた。大きな窓からはきらめく夜景が一望でき、ため息が出るような美しさだ。

そのときふいに後ろから抱きすくめられ、七瀬は息をのむ。こちらの肩口に顔を埋めた桐谷が、耳元でささやくように言った。

「ずっと、こうしたくてたまらなかった。二年ぶりに会った君は前より髪が短くなってて、すごくきれいになっていたから、なおさら」

久しぶりの彼の体温、自分の身体をすっぽり包み込む大きさに、七瀬の胸がぎゅっと締めつけられる。

触れたかったのは、自分も同じだ。この二年間、桐谷と抱き合ったときのことを何度も思い出し、切ない夜を過ごした。もしかしたら他に恋人ができたかもしれないと想像して、たまらなくなっていた。

七瀬はくるりと後ろを向き、正面から彼を見つめる。そしてその手に触れ、想いを込めて告げた。

「わたしも、拓人さんに触れたくてたまりませんでした。何食わぬ顔をして話しながら、ずっとこの手やしぐさに見惚《みと》れていたんです。すみません」

「謝る必要はないよ。七瀬がそう思ってくれていて、うれしい」

桐谷が七瀬の頬に触れ、そっと撫でてくる。彼はささやくような声で問いかけた。

「キスしていいか？」

「……っ、聞かないで、ください……」

端整な顔が近づき、そっと唇が合わさる。

すぐに離れたそれが寂しくて目を開けると、またすぐに口づけられた。

「ん……っ」

少しずつキスを深くされ、息が乱れる。

ぬるい粘膜と吐息を交ぜる行為は、七瀬の体温をじわじわと上げた。ようやく唇を離されたときはすっかり頬が上気していて、桐谷が熱を孕んだ眼差しを向けながら問いかけた。

「寝室に行く？」

「……はい」

――二年ぶりの抱き合う行為は、飢えたように情熱的だった。

全身を余すところなく手と唇で触れられ、七瀬は息を乱しながらシーツの上で身をよじる。相変わらず引き締まって精悍な桐谷の身体は男らしく、自分よりわずかに高い体温に触れると思わずため息が漏れた。

肌を唇で辿りながら、彼がささやく。

「七瀬にとってはコンプレックスかもしれないが、俺は君のこの身体が好きだよ。傷痕の赤みが、艶《なま》めかしくさえ思える」

「……っ」

「七瀬がずっと一人でいてくれてよかった。きれいで笑顔が可愛い君は、きっと他の男性の目にも魅力的に映ってるから」

やがて桐谷が慎重に中に押し入ってきて、七瀬は圧迫感に呻く。

内臓がせり上がるような感覚に苦しさをおぼえるものの、彼とまた繋がることができた喜びがあり、胸がいっぱいになった。

七瀬は腕を伸ばし、桐谷の首にしがみついた。

「拓人、さん……っ」

「七瀬……」

緩やかに律動を開始され、次第に圧迫感が和らいでいく。

どんな動きをされても快感しかなく、七瀬が切れ切れに喘ぎながら桐谷を見上げると、彼はこちらに上体を倒してささやいた。

「可愛い、七瀬」

「あ……っ！」

汗ばんだ身体とその重みが、かつて抱き合ったときを思い出させ、胸の奥がじんとする。

唇を塞がれながら突き上げられるのは苦しいのに心地よく、どこもかしこも桐谷でいっぱいにされることに七瀬は充足感をおぼえた。

どのくらいそうしていたのか、彼が最奥で果てたとき、七瀬は息も絶え絶えだった。後始末を終えた桐谷がベッドに横たわると、こちらの身体をぎゅっと強く抱きしめてくる。

そして気遣うようにささやいた。

「ごめん。久しぶりだったから、あまり手加減できなかった。どこかつらいところはないか？」

「だ、大丈夫です」

先ほどまでの自分の乱れようが恥ずかしく、七瀬は彼の胸に顔を隠す。

するとそんな様子を見た桐谷がクスリと笑い、いとおしげにこちらの髪を撫でて言った。

「昼間も言ったけど、俺は父親と妹のしたことに逃げずに向き合うつもりだ。一朝一夕に忘れられるものではないし、君に過去を『許せ』と強要する気もない」

「……はい」

「七瀬がいつも笑顔でいてくれるように、俺ができることは何でもする。でもそれは純粋な愛情からくる行動で、義務や罪悪感でするものじゃないということは、承知していてほしい」

「わかりました」

確かに一朝一夕で解決する問題ではなく、つきあい続けるうちに彼の家族とも顔を合わせる日がくるかもしれない。

だがそのひとつひとつを、乗り越えていきたい。二人でずっと一緒にいられる道を、桐谷と探っていけたら――そう七瀬は思った。

「好きです、拓人さん。改めて言いたいんですけど、もう一度わたしの恋人になってくれますか？」

七瀬が顔を上げて問いかけると、彼が面映ゆそうに微笑む。

そしてこちらの身体を抱き寄せる腕に力を込め、耳元でささやいた。

「もちろん。君を大切にするから、ずっと傍にいてくれ――七瀬」

第十章

自家焙煎カフェ　Ｓｅｒｅｉｎの特徴は、コーヒーをオーダーしたときに多彩な抽出方法を選べることだ。

ペーパードリップ、ネルドリップ、フレンチプレスの他、カウンターにはサイフォンがあり、湯が沸騰したりコーヒーが抽出されて落ちていく様を見ることができて、目と耳でも愉しめる。

バリスタは店長の小此木を含めて三名いて、抽出方法の多彩さはそれぞれが得意とするやり方が違うからだった。佐久間祐介がサイフォンを使うのは、前の職場が老舗の純喫茶だったことに由来する。

その醍醐味《だいごみ》は、下のボールの中で湯が沸騰したタイミングでコーヒーの粉をセットした上ボールを挿し込むと、下から湯が自然と上がってくるところだ。ボコボコという音と豊潤なコーヒーの香りは演出効果が高く、店内にいる客が自然と注目しているのがわかる。

ネルフィルターに触れないように竹ベラで中身を攪拌しながら、佐久間はカウンターの隣に立って作業する小此木七瀬をチラリと窺う。

店長である彼女とは、この店がオープンした一年余り前からのつきあいだ。佐久間より二歳年上の小此木は細身の体型のきれいな女性で、バリスタとしての腕前はかなりのものであり、特に焙煎についての知識は佐久間も学ぶところが多い。

年齢相応の落ち着きがあり、仕事が丁寧で穏やかな彼女を異性として意識するようになったのは、一体いつからだっただろう。

佐久間が小此木に告白したのは、彼女が二年前に彼氏と別れて現在はフリーだという話を耳にしたからだ。だが交際を申し込んだ佐久間に対し、彼女は元彼に想いを残しているのを理由に、はっきりと断ってきた。

あれから約一ヵ月、小此木は例の相手と劇的な再会を果たし、またつきあい始めたらしい。元々きれいな女性だったが、最近の彼女からは匂い立つような仄かな色気を感じることがある。

それは彼氏と上手くいっているせいかと考え、佐久間は複雑な気持ちになった。

(店長の身体に傷があるって聞いたときは驚いたけど、俺も自分の身体の傷には少なからずコンプレックスを感じてるし、同じ境遇の彼女とは上手くいくと思った。……それなのに)

正直今もその気持ちは、拭いきれていない。

いくらきれい事を言っても、普通の人間は身体に傷がないほうがいいと考えるはずだ。

何ならその彼氏は、建前で「気にしない」と言っているのではないかとすら考えているものの、佐久間はそうした思いを小此木の前では表には出さない。振られた立場を弁《わきま》え、仕事に徹している。

（でも……）

こうして隣に立って彼女の細いうなじを目の当たりにしたり、ふんわりした花のような匂いを嗅ぐと、心が騒ぐ。

諦めの悪さを自覚しつつサイフォンの中身をカップに注ぎ、ホールスタッフに託したところで、ふいに入り口から一人の男性客が入ってきた。

「いらっしゃいませ」

彼に声をかけた小此木が、一瞬「あ」という顔をする。

カウンターに座った男性客がメニューを眺め、深煎りのブラジルを注文した。その顔に見覚えがある気がした佐久間は、それが約一ヵ月前に移動カフェに訪れた小此木の交際相手であることを思い出す。

（この人が……）

あのときは私服だった男性だが、今日は仕立てのいいスーツを着ていて、端整な顔立ちをしている。

清潔感のある髪型や姿勢のよさは、仕事ができそうな雰囲気を如実に感じさせた。手首から垣間《かいま》見《み》える腕時計は一目で値が張るとわかるもので、物腰に知的さが漂っており、佐久間は内心「へえ」と思う。

一方の小此木は、ペーパードリップでコーヒーを淹れる準備をしていた。ミルで豆を挽き、厳密に温度を測った湯で蒸らして、豆の持ち味を引き出すように抽出する。そしてあらかじめ温めていたカップに注ぎ、カウンター越しに「お待たせいたしました」と言って提供した。

「ありがとう」

ブラジルを受け取った男性が、中身を一口飲んだ。

すると彼が満足げに頬を緩め、それを見た小此木がうれしそうに微笑む。その光景を目の当たりにした瞬間、佐久間は何ともいえない気持ちを味わっていた。

（特別な会話はないのに、二人の間に漂う空気に親密さを感じる。お互いへの信頼が表情ににじみ出ていて、俺なんかが割り込む余地なんてない）

まさかこんな形で、二人の仲を見せつけられるとは思わなかった。

二年ぶりに再会し、再びつきあい始めた彼らは、きっといい関係なのだろう。「小此木には、同じ痛みを分かち合える自分のほうがふさわしい」と考えていた佐久間は、そんな己を恥ずかしく思った。

(俺にもいつか現れるかな。店長にとってのこの人みたいに、信頼できる恋人が)

今はまだそんな気にはなれず、彼女を思いきれたわけでもない。

それでも、彼らの仲を目にしたことで自分の心にひとつの区切りをつけられたのを感じながら、佐久間は目を伏せてその場を離れた。

＊＊＊

カウンターの向こうで作業していたバリスタらしい青年が、奥へと去っていく。

それを見送った桐谷は、「もしかして、彼が七瀬に告白したというスタッフかな」と考えていた。

(俺のほうを、さりげなくチラチラ見てたしな。顔立ちも整ってるし、落ち着いた感じだし、あとちょっと再会するのが遅かったら危なかったかもしれない)

桐谷がかつての恋人である七瀬と再会し、再びつきあい始めてから、約一ヵ月が経とうとしている。

彼女との交際は、順調だ。二年前に別れて以降、連絡の取りようがなかった状況から一転、毎日のように顔を合わせてこれまでの空隙《くうげき》を埋めている。

最初はどこかぎこちなかった七瀬だったが、少しずつ打ち解け、今は屈託なく笑ってくれるようになった。そんな彼女に、桐谷は毎日いとおしさを掻き立てられてならない。仕事をやりくりしてできるだけ一緒にいる時間を作ろうと努力し、今日は早く上がれたために初めてＳｅｒｅｉｎを訪れることができた。

たった今奥に引っ込んでいったバリスタの顔を思い浮かべ、桐谷は考える。

（まさか七瀬と同様に身体に傷がある人間が、彼女に告白するなんてな。もし再会するのがもう少し遅かったら、彼に奪われていたかもしれない）

この一ヵ月、桐谷は七瀬の信頼を得るべく一心に愛情を注いできた。

その一方で母親に彼女と再びつきあい始めたことを話すと、複雑な顔をしながらも祝福してくれた。

『私の立場からすると、そのお嬢さんにはお父さんと優菜のことを謝らなければならないから、正直複雑な気持ちよ。でもあなたと彼女が話し合って一緒にいることを選んだのなら、それを受け入れるつもり。いつかお嬢さんが私に会ってもいいと思ってくれたときは、ぜひ連れてきてちょうだいね』

そして優菜のほうは、「よかった」と言って涙を零していた。

『私のせいでお兄ちゃんが小此木さんと別れることになって、しかもお店まで閉店してしまって、すごく責任を感じていたの。たとえ賠償が済んでいるとはいえ、私が許されたわけじゃないのはよくわかってる。小此木さんの目には触れないようにするから、安心してって伝えてね』

過去の自分の行動に責任を感じている彼女は、転職してこの地を離れ、本州に移住しようと考えているらしい。

それが優菜なりのけじめのつけ方なら、自分は余計な口を挟むまいと桐谷は考えていた。

(父さんが七瀬の両親の命を奪ってしまったことや、優菜が嫌がらせをした事実は消えない。それでも――)

互いに離れがたいほどの恋情を抱いているなら、一緒にいる努力を続けたい。そうすることが自分の務めだと思っていた。

ラストオーダーの時間に間に合うように店に入り、ブラジルを一杯飲んだ桐谷は、退店して自分の車の中で七瀬を待つ。すると午後七時十五分くらいに彼女がやって来て、微笑んで迎えた。

「お疲れ。意外に早く上がれたんだな」

「レジ閉めをするのを、他のスタッフが代わってくれたので。拓人さん、わざわざ迎えに来てもらってすみません」

現在の彼女の住まいと桐谷の自宅は、車で三十分ほど離れている。

七瀬に会うためなら何でもない移動距離だが、気軽に行き来できないのが難点だ。助手席に座った彼女を、桐谷はじっと見つめる。すると七瀬が不思議そうに言った。

「どうかしましたか？」

「ん？　今日の君も可愛いなと思って」

「何ですか、もう。それより、今日お店に来るとは思わなくてびっくりしました。お仕事、早く終わったんですね」

店長として仕事をこなす彼女は凛《りん》としていて、その作業は相変わらず丁寧だった。コーヒーを淹れることに情熱を持ち、スタイリッシュで落ち着いた店を経営する七瀬は、きれいでとても女性らしい雰囲気を持っている。真面目な性格の持ち主で、打ち解けるとよく笑い、しぐさや反応が素直で可愛い。

そんな彼女を、桐谷は心からいとおしく思っていた。本音を言えば片時も傍から離したくなく、四六時中一緒にいたい。再会してからその気持ちは募る一方で、会えばつい執拗に抱いてしまい、疲れさせてしまうことがたびたびあった。

そして先ほど店内で七瀬に告白したという男性を目の当たりにし、心がざわめいている。こんなに魅力的な彼女なのだから、心惹かれる男はこの先も次々と現れるだろう。

身体にある傷痕は確かにひどく、それに引いてしまう者もいると思うが、本当に心惹かれていれば気にしないはずだ。そんな人間の出現を予想し、桐谷はひどく落ち着かない気持ちになっていた。

車内には、外の街灯の灯りがぼんやりと差し込んでいた。ハザードランプがカチカチと音を立てる中、桐谷は七瀬の顔をじっと見つめる。そしておもむろに言った。

「七瀬。——俺と結婚してくれないか」

「えっ？」

「本当は今日、『俺のマンションで一緒に暮らそう』って言うつもりだった。でも思ったんだ、そんな遠回りなどせず、いっそ結婚したらどうかって」

彼女が驚いたように、「……拓人さん」とつぶやく。桐谷は己の真意を説明した。

「生半可な気持ちで口にした言葉じゃない。俺たちは二年前に二ヵ月、そして再会してからまだ一ヵ月しかつきあっていないし、本来はもっと時間をかけてお互いを知っていく期間なのはわかってる。でも、君と過ごしてきた時間は、俺にとってとても濃密な時間だった」

「…………」

「何より俺の父親のこととか、妹のこととか、君の中で引っかかる部分があるのは理解してる。それでもこの一ヵ月、俺の中の七瀬への想いは強くなる一方だ。とことん甘やかしたくて、常に触れていたくてたまらなくなる。別々の家に帰るのがもどかしいくらいに」

桐谷は腕を伸ばし、七瀬の手を握る。そして「だから」と言葉を続けた。

「この先一生君の傍にいて、尽くす権利を与えてくれないか？　全身全霊をかけて、七瀬を愛すると誓うから」

すると彼女が、じっとこちらを見つめる。

「――はい。いいですよ」

桐谷が息をひそめて返答を待つと、やがて七瀬が笑って言った。

「……本当に？」

「ええ。わたしも拓人さんと、同じことを思っていました。『この先の人生を、ずっと一緒にいたい』って」

彼女は自分の中の言葉を探すように言った。

「わたしたち、つきあっている時間は確かに短いですけど、とても濃い時間を積み重ねてきましたよね。それにわたしの両親のことや拓人さんの妹さんのこととか、いくつか問題があります」

「…………」

「でも過去の出来事をなかったことにできない以上、少しずつ受け入れていく努力が必要なんじゃないかって思うんです。両親が亡くなったことは今も寂しくて、『生きてくれていたら』と思うときがたくさんあります。でも拓人さんのお父さんが自分の犯した罪を心から悔いていたのも事実で、無理をしてわたしにお金を送り続けたせいで亡くなっています。わたしにも拓人さんやご家族にも、お互いにやるせない事実があって、普通はそうした場合はなるべく直視しないように距離を取りますよね。でもわたしは拓人さんのことが好きで、離れたくありません」

「……七瀬」

「だから痛みは痛みとして受け入れて、いつか薄れていくのを待つしかないんじゃないかなって……そう考えるようになったんです。今すぐは無理でも、この先の人生を拓人さんと共に生きていくうち、妹さんと顔を合わせたり、お父さんの墓前にお参りできるようになれたらいい。――それが今のわたしの願いです」

前向きな言葉を語る七瀬の顔を、桐谷は無言で見つめる。

普段おとなしく見える彼女は、こんなにも思慮深く柔軟な考えを持っている。そんな七瀬が自分を好いてくれているという事実に、胸がいっぱいになっていた。

桐谷はしみじみとつぶやいた。

「君は……強いんだな。もっと被害者意識を持ったっておかしくないのに、極めて理性的に振る舞っている」

「拓人さんのことが、好きだからです。好きな人の周りのものはなるべく受け入れたいから、そのための努力をしたいだけです」

笑う七瀬は、とても可愛らしい。じんわりと幸せな気持ちがこみ上げるのを感じながら、桐谷は握る手に力を込めて言う。

「七瀬がそう言ってくれて、うれしい。俺も君の叔母さん夫婦に受け入れてもらえるように、言葉を尽くして結婚したい意思を伝えるよ」

「はい」

「まずは俺のマンションで一緒に暮らそうか。互いの仕事のあいだは仕方ないが、それ以外はなるべく一緒にいたい」

するとそれを聞いた彼女が、小さく噴き出す。

「拓人さんって、見た目はすごくクールそうなのに、実際はかなり甘やかしたがりですよね」

「仕事では、わりと厳しいほうかな。七瀬限定だよ」

七瀬の手を口元に持っていった桐谷は、指先に誓いのようにキスをする。そして甘やかな眼差しで告げた。

「この先ずっと、君にはそうやって笑っていてほしい。そのためには、何でもするから」

「一方的に甘やかされるんじゃなく、わたしも同じくらいに拓人さんを幸せにします」

彼女のこの細い指には、一体どんな指輪が似合うだろう。

そんな想像をしながら桐谷は助手席のヘッドレストに手を掛け、身を屈めると、その唇に想いを込めてキスをした。

あとがき

こんにちは、もしくは初めまして。西條六花《さいじょうりっか》です。

マーマレード文庫さんで六冊目となるこの作品は、コーヒーの香りが漂う物語となりました。

ヒロインの七瀬はバリスタで、コーヒーのスペシャリストです。お恥ずかしい話、わたしはコーヒーはアメリカンしか飲めない超ビギナーですので、必要な情報をインプットするのに苦労しました。

「自分でも飲んでみよう！」と思い立ち、数軒のお店を回っていろいろな銘柄を試してみたのですが、それぞれ味に違いがあって非常に奥深さを感じました。特にカフェオレとカフェラテの違いが顕著だったのが、とても印象的です。

ヒーローの桐谷は公認会計士の資格を持つ経営コンサルタント。こちらもまったく縁のない職種ではあるものの、稼ぐ人はものすごく稼ぐらしいので、「意外にスパダリな職業だな～」と思ったのが今回のお話を考えたきっかけです。

偶然出会った二人がどんなふうに恋を紡いでいくのか、過去の因縁をどうやって乗り越えていくのか、その行く末を見届けていただけたらなと思っています。

イラストは、白崎小夜《しろさきさや》さまにお願いいたしました。憧れのイラストレーターさんの一人だったので、決定したときはとてもうれしかったです。まだ完成したイラストを拝見できておりませんが、仕上がりを楽しみにしています。

この作品が出るのは、夏の真っ盛りでしょうか。暑さは本当に苦手で、毎年「今年こそはクーラーを設置しよう……！」と思いつつも、部屋の間取り的にかなり大型のものを買わなければならないため、二の足を踏んでいる状態です。

今年は無理でも、来年こそは……でも毎年同じことを言っているので、結局このまま数年が経ってしまうかもしれません。

皆さまも体調を崩されませんよう、冷房の効いた涼しいお部屋で、この作品をひとときの娯楽にしていただけましたら幸いです。

またどこかでお会いできることを願って。

西條六花

マーマレード文庫

宿敵なはずが、
彼の剥き出しの溺愛から離れられません

2022年8月15日　第1刷発行　定価はカバーに表示してあります

著者　西條六花　©RIKKA SAIJO 2022
発行人　鈴木幸辰
発行所　株式会社ハーパーコリンズ・ジャパン
東京都千代田区大手町1-5-1
電話　03-6269-2883（営業）
0570-008091（読者サービス係）
印刷・製本　中央精版印刷株式会社

Printed in Japan ©K.K. HarperCollins Japan 2022
ISBN-978-4-596-74746-4

m a r m a l a d e b u n k o